VORWORT

Die Geschichten in diesem Krimisammelband sind für Leser*innen geschrieben, die nicht unbedingt von Beginn an Action brauchen. Die Protagonisten sind weder Superkommissare noch Antihelden. Bei meinen Krimis spielen Täter bzw. Opfer die Hauptrolle. Meine Figuren entstammen keinem bestimmten Milieu oder Klientel. Es sind Menschen "mitten unter uns", Menschen wie du und ich, die aus Alltagssituationen heraus Opfer oder Täter werden.
Ich schildere das Verbrechen nicht als Einstieg, das dann in mehr oder weniger nachvollziehbaren Ermittlungen aufgeklärt wird. Vielmehr versuche ich, Leserinnen und Leser bereits am Ablauf der Vorgeschichte teilnehmen zu lassen. Die kriminelle Handlung scheint mitunter dadurch im ersten Teil der Geschichte in den Hintergrund zu geraten. Das geschieht jedoch mit Absicht und unter dem Motto:
"Das Beste kommt zum Schluss".
Wer meine Krimis kennt weiß, dass sie nicht selten mit einem Überraschungseffekt enden.

Die Erzählungen sind frei erfunden. Ähnlichkeiten mit lebenden oder bereits verstorbenen Personen, sowie mit tatsächlichen Ereignissen sind nicht beabsichtigt und rein zufällig. Verwendete Ortsangaben haben keinen Bezug zu eventuell realen Geschehnissen.

Kira Schmitz

Mitten unter uns

Krimistorys

Impressum

Bibliografische Information der Deutschen
Nationalbibliothek:
Die Deutsche Nationalbibliothek verzeichnet diese
Publikation in der Deutschen Nationalbibliografie;
detaillierte bibliografische Daten sind im Internet über
http://dnb.dnb.de abrufbar.

© 2020 Kira Schmitz

Fotos und Fotocollagen: Kira Schmitz

Gestaltung: Kira Schmitz

Herstellung und Verlag: BoD – Books on Demand,
Norderstedt

ISBN: 978-3-7519-2037-7

INHALT

Teil 1 KURZKRIMIS

MORGENSTUND

Klickklack, klickklack
Von weitem ist es schon zu hören, dieses
Klickklack. Sie hat es eilig, wie immer. Dass man
in Stöckelschuhen so schnell laufen kann, muss ich
als Mann nicht verstehen. Es ist noch fast dunkel
und ruhig um diese frühe Zeit, kaum jemand
unterwegs. Nur sie klackert mit Bleistiftabsätzen
bereits über die Gehwegplatten.

Klickklack, klickklack
"Ausschlafen, endlich ausschlafen!", dachte ich, als
ich letzten Herbst in Rente ging. Im Winter zog sie
in die Wohnung über mir ein. Seither weiß ich, wie
hellhörig unser Haus ist. Jeden Morgen um fünf Uhr
klingelt ihr Wecker. Fünf Minuten später geht die
Klospülung, dann rauscht das Wasser der Dusche.
Danach ist es für ein paar Minuten ruhig. Aber ge-
rade, wenn ich wieder am Einschlafen bin, geht es
los mit diesem Klickklack. Von den Badfliesen über
das Parkett im Flur auf die Küchenfliesen. In der
Küche hin und her. Dann wieder fünf Minuten
Ruhe. Danach von den Küchenfliesen zurück in den
Flur. Um 5:30 Uhr öffnet und schließt sich ihre
Wohnungstür. Gleich darauf klickklackt es von
Stufe zu Stufe drei Etagen nach unten.

Klickklack, klickklack, klickklack, klickklack ... acht Treppenstufen, dann einmal klickklack zum Wenden auf halber Etagenhöhe. Weitere viermal Klickklack bis zu meinem Stockwerk. Einmal Klickklack direkt vor meiner Wohnungstür. Dann erneut abwärts. Insgesamt achtundvierzig Stufen und fünf Zwischenabsätze. Weitere sechs Stufen bis zum Eingang. Dann schlägt die Haustür zu. Ich höre es noch dieses Klickklack von unten von der Straße her, Morgen für Morgen, trotz geschlossener Fenster und Läden, bis sie um die Ecke biegt. Danach bin ich so hellwach, dass an Schlafen nicht mehr zu denken ist. So geht das nun schon seit einem dreiviertel Jahr. Meine Nerven sind am Ende.

Klickklack, klickklack
Die Schritte nähern sich. Gleich ist sie am Park. Hier eilt sie immer durch, über den knirschenden Kiesweg, zum Eingang schräg gegenüber, in Richtung der Straßenbahnhaltestelle. Ich weiß das, weil ich sie beobachte. Seit zwei Wochen gehe ich morgens vor ihr aus dem Haus, registriere jeden ihrer Schritte, bereite ich mich auf den Tag heute vor. Ich weiß jetzt, dass die Laternen im Park nachts ausgeschaltet, und dass zwei Lampen seit mindestens zwei Wochen kaputt sind. Die Stadt muss sparen. Der erste Hund wird kurz nach sechs in den Park geführt. Die Zeit bis dahin muss reichen.

Klickklack, klickklack

Jetzt überquert sie die Straße. Auf dem Asphalt klingen die Schritte wieder anders als auf Knochensteinen oder Gehsteigplatten. Ich kann das inzwischen unterscheiden. Ich warte mit einer Plastiktüte in der Hand, kurz bevor sich die beiden Hauptwege kreuzen, hinter einer dicken, alten Kastanie. Die schmale Sichel des Mondes verbreitet kaum Licht. Zu schwach, um einen Schatten zu bilden. Ich hasse Plastiktüten. Normalerweise benutze ich ausschließlich Stofftaschen. Der Umwelt zuliebe. Aber für manche Dinge sind Stoffbeutel einfach ungeeignet. Das Kunststoffteil hier habe ich mir aus ihrem Fahrradkorb hinten bei uns im Hof ausgeliehen. Ihr ist die Umwelt gleichgültig. Gleichgültig, wie die Menschen um sie herum. Sicher weiß sie nicht mal, dass wir im selben Haus wohnen.

Ich höre die Kiesel knirschen. Jetzt kommt sie angehetzt. Ich öffne die Tüte, fasse sie am Rand mit beiden Händen. Mein Adrenalinspiegel steigt, die Muskeln sind gespannt. Ich springe aus der Deckung - sie schaut nicht mal zur Seite - stülpe die Tüte über ihren Kopf, ziehe mit einer Hand von hinten zu, mit der anderen packe ich ihren Arm im Fesselgriff. Gelernt ist gelernt. In meiner Jugend war ich Rettungsschwimmer.
Sie versucht verzweifelt, sich zu befreien. Ich keuche vor Anstrengung. Die Tüte wird abwechselnd prall und schlaff durch ihre hektischen Atemstöße. Schließlich wird ihr Widerstand geringer. Dann fal-

len die Arme nach unten und die Beine knicken weg. Ich fange sie auf, bevor sie zu Boden geht, und hebe sie in die Höhe. Sie ist schwerer, als ich dachte. Ich trage sie über der Schulter nach hinten in das halbhohe Gebüsch vor der Begrenzungsmauer. Dort lasse ich sie behutsam auf die von Unkraut überwucherte Erde unter den Sträuchern gleiten.

Der Park war ursprünglich mal ein Friedhof. Das wissen nur die wenigsten. Es gibt nur noch ein altes, steinernes Kreuz, das daran erinnert. Auf dem verwitterten Sockel steht:

RESTALKOHOL

Der Feuerwehr-Sound, wichtige Anrufer kenn-
zeichnend, erklang ununterbrochen penetrant. Nur
langsam drang er in Torstens Bewusstsein.
"Himmel, wer war denn das, jetzt mitten in der
Nacht?" Er fuhr in die Höhe und tastete nach dem
Telefon, um sich gleich wieder auf das zerwühlte
Bett fallen zu lassen. Ihm war schwindlig, sein Kopf
rebellierte.
"Wo brennt's?", krächzte er mit heißerer, kaum ver-
ständlicher Stimme.
"Guten Morgen Herr Bader. Ich sollte sie an ihren
Termin erinnern, in....", die Stimme am anderen
Ende machte eine kurze Pause, "jetzt nur noch einer
Stunde und zehn Minuten. Ich versuche es bereits
seit zwanzig Minuten", fügte seine Sekretärin ent-
schuldigend mit einem unterdrückten Seufzer
hinzu.
"Viel Erfolg bei den Verhandlungen." Damit legte
sie auf.
"Verhandlungen? Was für Verhandlungen?"
Torsten Bader rappelte sich hoch, griff nach dem
Wecker auf der Konsole und informierte sich über
Tag und Uhrzeit. Es war Freitag, kurz nach zwölf
Uhr mittags.
"Freitag!" In seinem Hirn begann es zu dämmern.
Der wichtigste Termin dieser Woche. Oh Gott, wie

hatte er den vergessen können? Er musste sich beeilen, wenn er noch rechtzeitig ankommen wollte. Und das mit einem Kopf, der sich anfühlte, als hätte er den doppelten Umfang. Vorsichtig stellte er sich auf die Beine, registrierte, dass der Kreislauf sich etwas beruhigt hatte. Verdutzt riss er sich die fleckigen Klamotten vom Leib, die aussahen, als hätte er die Nacht im Straßengraben verbracht und verschwand unter die kalte Dusche. Krampfhaft versuchte er sich ins Gedächtnis zu rufen, was diesen Zustand ausgelöst hatte. Nur schleppend förderte sein Gedächtnis Bruchstücke des vergangenen Tages aus einem dichten Nebel.

"Filmriss", dachte er während er, Wassertropfen auf dem Parkett hinterlassend, durch sein Schlafzimmer zum Kleiderschrank eilte. Im Wohnzimmer entdeckte er ein Whiskyglas.

"Absacker", spekulierte er schief grinsend, kippte sich im Weitergehen den abgestandenen Rest in die Kehle, füllte das Glas in der Küche mit Wasser und spülte mit einem kräftigen Schluck zwei Kopfschmerztabletten hinunter. Für Frühstück fehlte die Zeit. Er schnappte die Tasche mit Laptop und Unterlagen, angelte im Vorbeigehen die Schlüssel vom Haken in der Diele, zog die Haustür hinter sich zu und öffnete per Fernbedienung die Garage. Er steuerte auf den Porsche zu, der war wendiger als die Limousine. Die zeigte außerdem vorne erhebliche Drecksspuren und eine Delle, was er sich im Moment jedoch nicht erklären konnte. Egal, er hatte es jetzt eilig. Das Geschäft ging vor. Er würde sich später darum kümmern.

Obwohl die Zeit drängte, war er bemüht, sich weitgehend an die vorgeschriebene Geschwindigkeit zu halten.

"Nur jetzt kein Risiko eingehen", murmelte er vor sich hin. Von den Verhandlungen hing viel ab für die Zukunft seiner Firma. Laut Navi würde er für die Strecke bis zum Treffpunkt in der nächsten Stadt fünfundzwanzig Minuten brauchen, in fünfunddreißig Minuten war der Termin. Das müsste reichen. Zum Glück hatte er sich im Laufe der Woche, dank der beispielhaften Zuarbeit seiner Sekretärin, schon vorbereiten können. Auf sie war einfach Verlass.

"Vielleicht sollte ich sie mal zum Essen einladen?", überlegte er beiläufig. Dann kehrte sein augenblicklicher Zustand wieder in sein Bewusstsein zurück.

"Wieso kann ich mich an nichts entsinnen? Dieser verdammte Brummschädel!"

Er öffnete die Seitenfenster und ließ sich die frische Luft um die Nase wehen. Erinnerungsfetzen tauchten in ihm auf. Sie hatten gefeiert, er und seine drei Kumpels von früher. Junggesellenabschied. Tina hatte es geschafft, Andi anlässlich ihres vierzigsten Geburtstags rumzukriegen. Nun, vor der bevorstehenden Hochzeit Mitte Juli, hatte Andi darauf bestanden, dass sie noch einmal wie in alten Zeiten die "Sau rauslassen sollten". Der Landgasthof *Zur wilden Rose'*, in dem sie sich früher immer getroffen hatten, war der geeignete Ort für dieses Event.

Damals, als er, Andi, Timo und Ralf noch dicke Freunde waren, hatte Tina allen den Kopf verdreht. Aber was Ernstes mit ihr wollte keiner von ihnen. Berufsbedingt hatten sich die Wege getrennt. Andi und Tina verschlug es nach Hessen, Timo und Ralf hatten ihre Chancen in den neuen Bundesländern gesehen und wohnten mit ihren Familien im Osten Deutschlands. Sie waren mit dem Zug angereist, hatten sich bei Torsten getroffen und für die Nacht in der *Wilden Rose* Zimmer gebucht. Torsten, geschieden und derzeit solo, war als Einziger in der Gegend hängen geblieben.

Ein Lächeln huschte über sein Gesicht. Das waren noch Zeiten damals. Da gab es kaum einen Tag, an dem man ganz nüchtern war. Heute konnte man sich das schon aus beruflichen Gründen nicht mehr leisten. Aber gestern hatten sie wohl noch einmal so richtig zugeschlagen. Sonst hätte er jetzt nicht mit diesen Folgen zu kämpfen.

Vor ihm verlangsamte sich der Verkehr. Bloß das nicht. Das konnte er jetzt gar nicht gebrauchen. Blaulicht blinkte in einiger Entfernung am Ortsausgang. Wahrscheinlich ein Unfall. Konnten die Leute nicht aufpassen beim Fahren? Er schaltete die Freisprechanlage ein, bat seine Sekretärin, die Verhandlungspartner auf eine mögliche Verzögerung vorzubereiten.

"Polizeikontrolle", stellte er beim Näherkommen fest. Die Beamtin winkte ihn zur Seite.

"Kann ich bitte Ihre Papiere sehen?" Sie war hübsch, etwa Anfang dreißig, wie Torstens geschulter Blick feststellte.

"Was ist denn los? Ich muss zu einem dringenden Termin." Sie schnupperte.

"Haben Sie getrunken? Bitte steigen Sie doch mal aus." Sie winkte einem Kollegen.

"Bring mal ein Röhrchen."

"Sie müssen leider zum Bluttest", meinte sie danach zu Torsten gewandt und deutete auf den vor ihnen stehenden Polizeibus.

"Geben Sie dem Kollegen die Autoschlüssel, damit er ihren Wagen parken kann".

"Aber mein Termin!" Torstens Einwand erstarb, als er in ihr Gesicht schaute. Ihr Blick war eisig.

"Mist!", fluchte er mit dumpfer Stimme. Mit fliegenden Fingern tippte er eine Nachricht an seine Sekretärin in sein Smartphone.

Wie viel Restalkohol wohl noch in seinem Blut war? Er konnte sich nicht erinnern, was und welche Mengen er getrunken hatte. Hoffentlich reichte es nicht zum Entzug des Führerscheins. Er war auf das Auto angewiesen. Das geplatzte Geschäft und die zu erwartende Geldbuße waren Strafe genug für die gestrige Eskapade.

"Wo haben Sie denn getrunken?", fragte der Bedienstete im Bus.

"Das war schon gestern Abend. Eine private Feier - Junggesellenabschied", versuchte Torsten mit schiefem Lächeln und einem Verständnis heischenden Blick zu erklären. Der Beamte ließ sich nicht irritieren.

"Und wo genau war diese private Feier?" Torsten holte tief Luft.

"Im Landgasthof *'Zur wilden Rose'*."

"Und wer war außer Ihnen noch dabei?" Er schob ihm Block und Stift hin.

"Name, Anschrift, gut leserlich, Zeitraum von wann bis wann Sie dort waren und, falls es Ihnen noch einfällt, was Sie alles getrunken haben. Wir fahren jetzt aufs Revier und klären die Sache mit dem Blutalkohol." Torsten sah ein, dass es keinen Zweck hatte, etwas zu verheimlichen. Also schrieb er alles auf, nur bei den Getränken machte er Fragezeichen. Das wusste er beim besten Willen nicht mehr.

Auf der Wache wurde ihm vom Polizeiarzt Blut abgezapft. Dann musste er draußen auf dem Flur warten. Die Zeit verging, keiner kümmerte sich um ihn.

"Mann, das dauert ja ewig", brummte er vor sich hin, als eine junge, blonde Frau in Uniform aus einem der Zimmer zum Kaffeeautomat schräg gegenüber ging. Der übliche Pfiff blieb ihm im Hals stecken, als er in ihr abweisendes Gesicht blickte.

"Diese Ähnlichkeit ...".

In seinem immer noch dumpfen Hirn begann es zu rattern. Wie Blitze erschienen Bilder vor seinem inneren Auge:

Sabrina, die junge Bedienung aus der *'Wilden Rose'* - ihr spöttisches Lächeln, als er, schon ziemlich an-

getrunken, augenzwinkernd gefragt hatte, ob es im Gasthof noch ein freies Zimmer geben würde
- das entschiedene "Feierabend", als sie zum Abkassieren kam
- ihr erstaunt freudiges Gesicht über das großzügige Trinkgeld, das er ihr zugesteckt hatte ...

Er und seine Kumpels hatten ihre Gläser geleert, waren nach draußen gegangen, um sich voneinander zu verabschieden. Sabrina hatte gelacht, als sie auf ihr Fahrrad stieg und im Wegfahren Andi zurief: "Vergiss die Ringe nicht!"

"Herr Bader!" Torsten zuckte zusammen, als plötzlich die beiden Beamten vor ihm standen, die ihn mit auf die Wache genommen hatten.

"Wir haben festgestellt, dass auf sie ein zweiter Wagen zugelassen ist. Wo befindet der sich jetzt?"

"In meiner Garage", antwortete Torsten unsicher. "Warum, was ist damit?"

Die beiden Beamten warfen sich einen vielsagenden Blick zu. Einer zückte sein Mobiltelefon, drehte Torsten den Rücken zu und gab dem Gesprächspartner ein paar Anweisungen.

"Wir fahren jetzt mit ihnen nach Hause", erklärte sein Kollege. Die Spurensicherung ist schon unterwegs. Sie sind gegen morgen in betrunkenem Zustand mit einer Limousine von der *'Wilden Rose'* weggefahren. Auf der Strecke gab es einen Unfall".

Torsten schwante nichts Gutes.

Im Polizeiwagen marterte er sein Gehirn, was sich auf dem Heimweg zugetragen haben könnte. Ihm fielen der Dreck und die Delle an der Limousine ein. Doch so sehr er sich bemühte, sein Gedächtnis blockierte. Die Fahrzeuge vor ihnen verlangsamten ihre Fahrt vor einer roten Ampel. Mit aufheulendem Motor raste ein Motorrad vorbei.

"Wettrennen" schoss es ihm in den Kopf.

Sie hatten sich auf der Strecke ein Wettrennen geliefert, Andi und er ...

Er hatte grinsend zu Andi rüber geschaut, als der ansetzte, um ihn zu überholen. Er hatte das Gaspedal bis zum Anschlag durchgetreten, bis der Motor aufheulte ...

Während sein Auto an Andis Gefährt vorbei schoss, registrierte er gerade noch den entsetzten Blick, mit dem ihm der durch die geschlossenen Scheiben etwas zuzurufen schien ...

im gleichen Moment der donnernde Knall ...

Die Erinnerung ließ ihn zusammenzucken. Ihm musste ein Tier ins Auto gelaufen sein ...

Ja. Das war die Erklärung für die Spuren am Wagen und an den Kleidern! Unruhig rutschte er auf seinem Sitz hin und her. Das gab eine Anzeige wegen Fahrerflucht.

"Verdammt!", dachte er, "ich muss gleich meinen Anwalt anrufen, wenn wir zu Hause sind". Geistesabwesend schaute er aus dem Fenster. Aus dem Lautsprecher vernahm er wie von weit her die Stimme des Polizeifunks:

"Wir haben alle Krankenhäuser der Umgebung durch - negativ".

"Krankenhaus?", überlegte er.

Da war doch diese Frau ...

sie lag auf der Straße ...

ein zerbeultes Rad ...

und Blut, überall Blut...

Er hatte sich, an einen Baum gestützt, übergeben müssen. Andi hatte ihn angeschrien, hatte ihn beschworen, sie liegen zu lassen und abzuhauen ...

Torsten wollte sie ins Krankenhaus bringen ...

Andi war in seinen Wagen gestiegen, hatte wütend die Tür zugeknallt und war davongebraust.

Torsten hatte die Schwerverletzte mit der Wärmefolie auf die Rückbank gepackt ...

sie hatte gestöhnt ...

dann kam nur noch Röcheln ...

Aber was war danach?

Kein Krankenhaus tauchte im Wirrwarr seiner Gedanken auf, nur -

diese unheimliche Stille, als er ins Auto steigen wollte und – ihn schauderte -

die Augen, die ihn leblos anstarrten im fahlen Licht der Morgendämmerung ...

das plötzlich niederschmetternde Erkennen ...

die Frau war ...

Was hatte er mit ihr gemacht?

Wo war sie jetzt?

Ihm war, als würde sich ein Abgrund auftun ...

Vor seinem Haus wartete schon die SpuSi.

"Bitte öffnen sie das Garagentor!" Bei dem Ton lief es Torsten eiskalt den Rücken runter. In seinem Kopf überschlugen sich die Gedanken. Er brauchte eine Erklärung für die Spuren an seiner Limousine. "Ich muss einen Wildunfall gehabt haben", versuchte er sich wenig überzeugend zu rechtfertigen, als einer der Leute auf die Delle, die Schrammen und die Drecksspuren am Wagen zeigte, die sich bei näherer Betrachtung als Blutspuren erwiesen.

"Ob das Tierblut ist, wird sich zeigen." Ohne weiter darauf einzugehen, untersuchten zwei von ihnen die Front und den Innenraum, der dritte befahl:

"Kofferraum aufmachen!"

Schlagartig verzog sich der Nebel aus seinem Gehirn. Mit einem Mal war alles klar ...

EIN EINSAMER ROTER SCHUH

Was für ein Tag! Seit heute Morgen sind wir unterwegs, mein Weib und ich. Die Planken rauf und runter, die Breite Straße im Zickzack. Diese Menschenmassen überall. Ein Drängen und Schubsen ist das. Haben die Leute nichts Besseres zu tun am Samstag, als sich in der Stadt die Füße platt zu treten? Gott sei Dank, für heute haben wir es fast geschafft. Nur noch den Ring überqueren, dann über die Brücke und auf der anderen Seite hoch auf die Neckarpromenade. Halb vier zeigt die Uhr drüben an dem alten OEG-Gebäude. Der Tag ist gelaufen. Wie lange stehen wir jetzt schon hier an der Ampel? Die Rotphase dauert ewig. Eine Radtour hätte man machen sollen, bei dem schönen Wetter. Aber Madame hatte andere Pläne.

"Ich brauche dringend ein Paar Schuhe zu meinem neuen Kleid", hat sie gesagt. Rote Schuhe, unbedingt rote Schuhe mussten es sein. Mit hohem Absatz natürlich. Dabei hat sie schon mindestens drei Paar von der Sorte.
"Warum gehst Du nicht alleine zum Schuhe kaufen?", habe ich sie im dritten Laden gefragt.
"Du musst mir beim Aussuchen helfen. Ich kann mich so schwer entscheiden", gab sie zur Antwort. "Was meinst Du, welche von den beiden soll ich

nehmen?" Natürlich nimmt sie grundsätzlich die anderen.

Grün. Endlich! Ich starte los.
"Renn doch nicht so", japst sie von hinten. Also wieder langsam machen. Eigentlich laufe ich ganz normal. Wie man halt läuft mit vernünftigen Schuhen. Aber sie, mit diesen Hochhackigen. Warum musste sie die Knochenbrecher auch gleich anbehalten?
"Zum Einlaufen", hat sie der Verkäuferin gesagt. Sicher hat sie schon Blasen.

Gerade geschafft bis zum Mittelstreifen. Jetzt heißt es erneut warten. Natürlich ist hier inzwischen auch wieder rot. Rot wie ihre Schuhe. Und wie die Leine von dem Hund dort drüben. Hilfe! Ich sehe bald nur noch rot. Wenigstens der Hund ist schwarz. Unserer ist braun. Der wird schon unruhig sein daheim. Mit dem muss ich nachher raus, weil sie nicht mehr laufen kann. Kein Wunder bei den Absätzen. Verpasse ich mal wieder die Sportschau. Wo habe ich denn meine Zigaretten? Nicht mal zum Rauchen bin ich gekommen die ganze Zeit. Ein Verkehr ist das. Stoßstange an Stoßstange. Rote Autos eindeutig in der Überzahl. Und all die Abgase, die man hier einatmet. Nur weil Madame mit ihren neuen Schuhen nicht schneller über die Straße kommt.
Das grüne Männchen. Es geht weiter. Jetzt noch über den Neckar und drüben den Fußgängerweg

entlang bis zu unsrer Wohnung. Hinten, im letzten Terrassenhaus. Bei ihren Tippelschritten brauchen wir dafür eine halbe Ewigkeit. Wir hätten ja mit der Straßenbahn zurückfahren können, als wir die Schuhe hatten. Aber dann wollte sie unbedingt noch nach einer Handtasche schauen. Einer roten natürlich. Passend zu den Schuhen. Aber egal was man ihr anbot, es gab keine, die ihren Vorstellungen entsprach. Zu groß, zu klein, falscher Rotton... Vor der Brücke habe ich dann gesagt:
"Die eine Station können wir jetzt auch noch laufen". Nächsten Samstag will sie noch mal los. Also die gleiche Tortur wie heute. Ich halte das nicht mehr lange aus!

Wenn ich das nur geahnt hätte, mit ihrem Rotfimmel. Damals beim Tanz in den Mai. Sie war mit ihrer Freundin Inge da. Inge im kleinen Schwarzen. Sie trug Rot. Geranienrot. Links schulterfrei. Inge gefiel mir besser. Mit ihr wollte ich den letzten Tanz machen. Dann spielte die Band zum Abschluss 'LADY IN RED'. Ich blieb wie ferngesteuert vor dem roten Kleid stehen. Mein Kumpel hat sich Inge geschnappt. Ich blieb an Rotraud hängen. Schon der Name hätte mich warnen müssen! Noch im gleichen Sommer die überstürzte Heirat. Wegen der Wohnung am Neckarufer. Vermietung nur an Ehepaare. "So eine Gelegenheit kommt nie wieder", hat sie mich weichgeklopft. Die Hochzeitsnacht ähnelte einem Stierkampf. Sie in roten Dessous. Ich zu viel

Alkohol. Beim Stierkampf bleibt fast immer der Stier auf der Strecke.

Die Brücke ist geschafft. Jetzt noch die Promenade. Dann werde ich mir den Hund und das Fahrrad schnappen und mich verziehen, bis es dunkel wird. Sie wird vermutlich mit einem Glas Rotwein auf der Terrasse sitzen und, über den Neckar starrend, auf das Abendrot warten. Meinetwegen.

Was hat sie gerade gesagt? Sie muss noch Blumen gießen bei Inge. Drüben, im ersten Hochhaus, 13. Stock. Auch das noch! Und ich soll mit, weil sie nicht alleine mit dem Aufzug fahren will.

"Und der Hund?", frage ich.

"Wenn Du hilfst, dauert es halb so lange", sagt sie.

"Du gießt drinnen, ich draußen!", bestimmt sie im Fahrstuhl. Warum Inge sich Wohnung und Balkon mit Blumen vollstellt, wenn sie dauernd in Urlaub fährt, muss man nicht verstehen.

Ich bin ruckzuck fertig. Was treibt sie denn noch? Draußen steht sie und zupft an den Geranien. Ein Meer von Geranien. Ein rotes Meer. Sie holt noch mal Wasser aus der Küche.

"Gieß du die Hängeampel!", sagt sie an der Balkontür, drückt mir im Vorbeigehen eine volle Kanne in die Hand. Ich betrachte suchend das üppige Gewächs.

"Wo ist denn da der Topf?", gebe ich zurück.

"Mein Gott!", stöhnt sie, "dann mach wenigstens

noch den Kasten dort hinten". Sie stützt sich mit der Hand auf meine Schulter, klettert mit ihren High Heels auf einen Hocker und hantiert mit der Gießkanne. Nicht mal jetzt kann sie sich von den Dingern trennen.

Auftrag erledigt, meine Kanne ist leer. Aus dem Augenwinkel sehe ich sie zappeln.
"Verdammt!", flucht sie, "mein Absatz". Der klemmt zwischen den Bretterfugen des Hockers. Sie balanciert mit der Kanne in der Hand, versucht, ihn raus zu zerren. Ein Wasserstrahl schwappt an den Geranien vorbei.
"Hey, pass doch auf, da oben!", brüllt jemand vom unteren Balkon. Sie beugt sich vor, schaut runter. Der Hocker wankt.
Jetzt! Nur ein kleiner Schubs ...

Sie greift Halt suchend zur Hängeampel. Die Kanne kracht auf den Boden. Wasser spritzt umher.
Fast synchron:
ihr Aufschrei –
und der von unterhalb.
Dann das klatschende Geräusch des Aufpralls.
Im umgestürzten Hocker steckt ein einsamer Schuh.

Jetzt nichts wie raus aus der Wohnung. Tür geräuschlos zuziehen. Im Flur zum Glück kein Mensch zu sehen. Runter durchs Treppenhaus. Immer zwei Stufen auf einmal. Draußen heulen Sirenen. Im Geist sehe ich sie vor mir, in ihrer Blutlache, mit nur einem Schuh. In der Faust die abgerissenen Geranien.

Die Haustür steht weit offen. Auf der anderen Seite des Gebäudes bereits ein Menschenauflauf. Der Alarm hier draußen ohrenbetäubend. Sogar Feuerwehr rückt an. Genug für heute! Ich kann kein Rot mehr sehen. Nur weg hier, zu den Terrassenhäusern. Zügig, lange Schritte. Bloß nicht rennen.

"Der Hund jault schon die ganze Zeit!", tönt vorwurfsvoll am Fenster die Nachbarin.
"Wir waren Schuhekaufen", erkläre ich und hebe verlegen die Schultern. Ihre Miene bleibt kritisch.
"Hat etwas länger gedauert", ergänze ich, auf Verständnis hoffend.
"Und Ihre Frau?"
"Die gießt noch Blumen bei ihrer Freundin, vorne im Hochhaus", sage ich und schließe die Haustür auf.
"Was ist denn dort los?" fragt sie misstrauisch.
"Keine Ahnung. Ich bin schon vorausgegangen, wegen des Hundes".
"Kommt auch bestimmt nicht wieder vor", schiebe ich im Reingehen nach und denke an den Hocker mit dem einsamen, roten Schuh.

TODESFALLE SMS

Sabine stemmte die Hände in die Hüften und betrachtete die Fliesen in Flur, Küche und auf der Terrasse.

"Alles wieder rein", stellte sie zufrieden fest. Sie schob den Hochdruckreiniger in die Garage, hängte Haralds Ostfriesennerz an den Haken, stieg aus seinen grünen Gummistiefeln und streifte seine gelben Gummihandschuhe ab.

"Jetzt brauche ich zuerst eine heiße Dusche um den ganzen Dreck abzuwaschen", murmelte sie halblaut vor sich hin.

"Dann nehme ich ein ausgiebiges Entspannungsbad und anschließend fahre ich in das Café in der Friedrichstraße und gönne mir ein riesiges Stück Sahnetorte". Der blaue Sack mit der abgezogenen Bettwäsche, den zusammengerafften Kleidern und den anderen Utensilien lag bereits im Kofferraum. Später, auf dem Weg zum Essen in Ladenburg, würde sie Harald bitten, ihn in den Container in der Nähe des Bahnhofs zu werfen.

Der Tag in der Reha-Klinik hatte so unscheinbar begonnen. Völlig relaxed war sie in der Frühe vom Moorbad gekommen, hatte sich in ihrem Zimmer noch ein wenig frisch machen wollen, um anschließend das Frühstück im Speisesaal einzunehmen.

Beim Schminken hatte sie einen Blick auf das Display ihres Handys geworfen. Sicher Haralds Antwort auf ihre Mitteilung, dass die Verlängerung, die sie ihm gestern als wahrscheinlich angekündigt hatte, nun endgültig genehmigt war.

"schnucki 1w+. bleib da. bis6" war dagestanden. Sabine wollte die SMS schon löschen. Da hatte sich wohl jemand bei der Adresse vertippt. Dann war sie stutzig geworden und schaute noch mal auf den Absender. Kein Zweifel, die Nachricht stammte von Harald. Sie hasste diese verstümmelten Texte, das wusste er. Konnte er nicht richtige Worte und Sätze schreiben? Und warum nannte er sie Schnucki? So hatte er noch nie zu ihr gesagt. Irgendetwas stimmte hier nicht. Langsam las sie alles noch einmal, Wort für Wort.

"1w+", damit war wohl ihre Verlängerung gemeint. Aber wieso schrieb er:

"bleib da"? Es war doch klar, dass sie noch eine Woche blieb. Was aber noch viel verwirrender war - was bedeutete "bis6"? Wollte er sie besuchen? Es dauerte eine Weile, bis sie begriff. Ihr Harald hatte sich offensichtlich eine Ersatzgefährtin zugelegt. Doch nicht nur das. Sie befand sich in ihrem Haus.

"Und ich dummes Weib habe ihn bedauert, weil ausgerechnet zur gleichen Zeit alle Nachbarn in Urlaub gefahren sind", hatte sie sich schluchzend aufs Bett geworfen. Dann hatte sie die Wut gepackt.

"Dieser Lump! Keinen Tag länger werde ich ihm das Vergnügen gönnen." Zwei Stunden später saß sie im Zug Richtung Heimat. Ihrem Arzt hatte sie erklärt, dass sie den Aufenthalt aus familiären Gründen nun doch nicht verlängern konnte.

Während der Zugfahrt überlegte sie hin und her, wer diese 'Schnucki' sein könnte, ob sie sich kannten, ob sie hübsch war und wie alt. Sie dachte daran, wie sie ihr begegnen würde, ob sie sie zur Rede stellen oder einfach aus dem Haus werfen sollte. Und wenn Harald sie dann verlassen und ihr folgen würde? Sie liebte ihren Mann noch immer, trotz allem, was er ihr angetan hatte. Nein, sie wollte ihn auf keinen Fall einer anderen überlassen oder ihn mit ihr teilen. Sie wälzte Gedanken und Ideen hin und her und verwarf sie wieder. Als sie in Mannheim aus dem Zug stieg, stand ihr Plan fest. Sie deponierte ihren kleinen Trolley mit dem Handgepäck in einem Schließfach im Hauptbahnhof. Das übrige Gepäck würde ihr in den nächsten Tagen per Express zugestellt werden. Sie verzichtete auf ein Taxi und fuhr im hinteren Teil der Straßenbahn bis zu ihrer Haltestelle. Von dort aus war es nur ein Katzensprung bis nach Hause. Das Anwesen, auf dem sie wohnten, hatte Sabine von ihren Eltern geerbt. Es war ein großes Grundstück mit einem kleinen, freistehenden Einfamilienhaus am Ende der Straße, kurz vor dem Waldparkdamm. Entlang dem Gartenzaun hatte Harald vor einigen Jahren Kirschlorbeersträucher gepflanzt, die als Sichtschutz gegen neugierige Spaziergänger dienten. Im Anschluss an die

Terrasse befand sich ein etwa zehn Meter tiefer Brunnenschacht, den ihr Vater gebaut hatte. Je nach Höhe des Grundwassers bedeckte mal mehr mal weniger Wasser den Brunnenboden. Harald hatte das halb verfallene Mauerwerk abgetragen und den verbliebenen Rest mit einer Metallplatte abgedeckt. Sabine war ihm immer wieder in den Ohren gelegen, den Schacht aufzufüllen, damit nichts passieren könne. Er hatte es stets mit den Worten abgetan, dass das zu teuer sei und die Metallplatte sicher genug wäre.

Leise schloss sie die Haustür auf und lauschte. Von Schnucki war nichts zu hören und zu sehen. Hatte sie sich am Ende getäuscht und falsche Schlüsse aus der SMS gezogen? Oder war sie aus dem Haus gegangen und kam erst gegen achtzehn Uhr wieder zurück? Aber die Tür war nicht abgeschlossen. Sie zog die Schuhe aus und huschte barfuß über die Fliesen im Flur. Vorsichtig öffnete sie die Badtür einen Spalt breit. Was sie sah, war offensichtlich. Auf der Spiegelablage befanden sich weibliche Utensilien und ein zweites Zahnputzglas mit Zahnbürste. Auf dem Hocker lagen Dessous, in die sie schon seit Jahren nicht mehr passte. Sabine atmete tief durch. Es gab nur noch einen Raum im Haus, in dem sich die Rivalin aufhalten konnte. Behutsam drückte sie die Klinke nach unten. Schnucki schlief tief und splitternackt auf Haralds Seite im Ehebett, als sie sich ins Schlafzimmer schlich.

"Sie erinnert mich irgendwie an Schneewittchen im gläsernen Sarg, wie sie so da liegt", ging es Sabine durch den Sinn. Ein blutjunges Ding, höchstens halb so alt wie sie. Auf der Nachtkonsole befanden sich eine fast leere Flasche Fürst Metternich und ein noch halb volles Glas. Damit hatte Schnucki wohl schon mal vorab die Verlängerung begossen. Haralds Kissen lag auf dem Boden. Die Laken waren zerwühlt, wahrscheinlich ein Ergebnis der vorausgegangenen Liebesnacht. Sabines Gestalt straffte sich, ihre Gesichtszüge wurden hart, ihr Blick eiskalt. Schnellfüßig und lautlos bewegte sie sich auf das Bett zu.

"Die Welt ist voller Überraschungen, meine Kleine", dachte sie hämisch, schnappte sich das am Boden liegende Federkissen und stürzte sich auf die ahnungslos Schlummernde. Es war nicht einfach, ihr die Daunen auf das Gesicht zu drücken. Die völlig überraschte Rivalin rang nach Luft und versuchte verzweifelt, sich den Gegenstand, der ihr den Atem raubte, vom Kopf zu zerren. Sie wehrte sich so heftig und verbissen, dass das ganze Bett samt den anhängenden Konsolen vibrierte. Das Sektglas kippte um und zersplitterte am Boden. Der Inhalt ergoss sich über das Laminat. Sabine brach der Schweiß aus. Sie kämpfte mit der unerschütterlichen Entschlossenheit der betrogenen Ehefrau. Noch nie im Leben hatte sie einen solchen Adrenalinschub in sich verspürt. Dann ging auf einmal alles ganz schnell. Der Widerstand erstarb. Vorsichtig hob Sabine das Kissen ein wenig an, wedelte prüfend mit der Hand vor dem Gesicht und testete schließlich die Halsschlagader. Dann streckte sie sich, holte tief Luft und wischte sich mit dem Handrücken die Schweißperlen von der Stirn. Es dauerte ein paar Minuten, bis sich ihr wild pochendes Herz wieder einigermaßen beruhigt hatte.

"Man lernt immer für 's Leben", überlegte sie, als sie die Leiche mit professionellem Haltegriff vom Schlafzimmer durch Flur und Küche über die Terrasse schleifte. "Sie ist schwerer, als es den Anschein hatte. Nun hat sich die abgebrochene Ausbildung zur Krankenschwester doch noch gelohnt". Sie befestigte ein Stück Wäscheleine am alten Betonständer des Gartenschirms, wickelte das andere Ende um Schnuckis Taille, schob den Ständer an den Rand des Brunnenschachtes und ließ ihn grinsend mit einem Schubs in die Tiefe plumpsen. Der platschende Laut beim Eindringen in das Grundwasser versöhnte sie mit Haralds Weigerung, den Brunnenschacht aufzufüllen. Mit Mühe zerrte sie die Abdeckung wieder über die Öffnung und stellte die ausgetrocknete Blumenschale, ein Bild des Jammers dank Haralds Ablenkung, wieder zurück auf die Metallplatte.

Pünktlich um achtzehn Uhr kam Harald auf seinem Motorrad angeflitzt. Er stoppte, dreimal kurz hupend, mit quietschenden Reifen, stellte die Maschine vor der Garage ab, zog den Helm vom Kopf und schritt erwartungsvoll zur Haustür. Sabine öffnete mit einem strahlenden Lächeln.

"Da schaust du, Schatz!", flötete sie ihrem Ehegatten entgegen. Harald reagierte sichtlich nervös und gab ihr geistesabwesend einen flüchtigen Kuss auf die entgegengehaltene Wange.

"Du bist schon da?", presste er zwischen schmalen Lippen hervor.

"Hattest Du nicht geschrieben, dass Deine Verlängerung genehmigt ist?"

"Ach Schatz, Du hast so traurig gewirkt gestern am Telefon, als ich Dir davon berichtet habe, dass ich vielleicht noch eine Woche bleiben kann", fuhr sie, Mitleid vortäuschend, fort.

"Als Du auf meine SMS heute Morgen nicht geantwortet hast, dachte ich, dass Du jetzt böse auf mich bist. Ich brachte es einfach nicht übers Herz, Dich noch sieben Tage länger alleine zu lassen, habe noch mal mit dem Arzt geredet und auf die Verlängerung verzichtet." Harald versuchte ein gequältes Lächeln. In seinem Kopf überschlugen sich die Gedanken. Wo war Schnucki? Waren sich die beiden Frauen begegnet? Hatte Sabine sie des Hauses verwiesen? Warum hatte sich Schnucki nicht bei ihm gemeldet? Sabine plauderte derweil ungezwungen weiter, als wäre alles in bester Ordnung.

"Ich habe für uns einen Tisch in unserem Lieblingslokal in Ladenburg bestellt", erklärte sie ihm freudestrahlend, "damit wir unser Wiedersehen gebührend feiern können. Du hattest doch heute nichts mehr vor, oder?"

CAI-PIRANHAS UND BIENENSTICH

Walter und Elfriede haben es sich an dem Tisch im ICE bequem gemacht und die beiden freien Sitze mit ihrem Handgepäck belegt. Widerwillig hebt Walter den Rucksack hoch und befördert ihn unter den Tisch, als eine zugestiegene Dame ihren reservierten Platz beansprucht.

"Autsch!", schimpft Elfriede vorwurfsvoll, "meine Füße. Kannst du nicht aufpassen?"

"Da unten habe ich keine Augen", murrt Walter. Er lehnt sich zurück, beginnt zu dösen und schläft ein. Elfriede kämpft mit den Tränen.

Seit fünfundzwanzig Jahren fahren sie im Juni in dieses gottverlassene Dorf im Schwarzwald, in dem es nichts gibt, außer ein paar Bauernhäusern, einer Wirtschaft mit Fremdenzimmer und der Dorfkirche. Diese zwei Wochen Wandern mit Walter sind für sie alles andere als Erholung. Viel lieber würde sie sich mal in einer Kurstadt mit Bädern und Massagen verwöhnen lassen, wie ihre Nachbarin Gerlinde. Aber daran ist nicht zu denken. Jedenfalls nicht, solange Walter lebt. Sie erschrickt über den Gedanken. Walter grunzt leicht im Schlaf.

"Als wenn er keiner Fliege was tun könnte", denkt Elfriede bitter.

Seit man ihn mit zweiundsechzig Jahren im Rahmen von Personalabbau in Rente geschickt hat, besteht ihr Leben überwiegend in dem Bemühen, ihm möglichst alles recht zu machen. Manchmal beneidet sie Gerlinde, ihre Nachbarin. Deren Mann war im letzten Jahr plötzlich ohne ersichtlichen Grund verstorben. Danach blühte sie richtig auf. Hinter vorgehaltener Hand wurde seinerzeit viel getuschelt in der Nachbarschaft. Walter äußerte sogar mal, er könne sich vorstellen, dass sie vielleicht etwas nachgeholfen hätte.

Eine nie gekannte Wut steigt in ihr hoch. Gleich morgen wird sie mit Gerlinde reden. Die weiß immer Rat. Elfriedes Gesichtszüge entspannen sich zu einem schwachen Lächeln. Nur noch ein paar Minuten bis Mannheim. Walter rekelt sich.
"Wir sind gleich da", informiert sie ihn. Er holt den Rucksack unter dem Tisch hervor und erhebt sich. Elfriede nimmt ihre Tasche und die beiden Jacken. Er schnappt den Koffer, schnauzt sie an,
"Wo hast du meine Jacke? Gib her!", und läuft Richtung Ausgang. Draußen bahnt er sich, ohne weiter nach ihr zu schauen, seinen Weg durch die Menge zur Haltestelle der Straßenbahn.
"Hoffentlich ist Gerlinde daheim", denkt Elfriede, während sie hinter ihm hertrottet.

"Da seid ihr ja wieder!", ruft Gerlinde am offenen Küchenfenster während Walter die Tür zum Vorgarten ihres Reihenhauses aufschließt.

"Na wie war 's?"

"Bist du heute Abend daheim?", erkundigt sich Elfriede hoffnungsvoll, "dann komme ich auf ein Stündchen, wenn ich ausgepackt habe und die Waschmaschine läuft."

"Ich möchte wissen, was es jetzt schon wieder zu bereden gibt", wundert sich Walter halblaut, als Elfriede mit einem kurzen "Ich geh dann" die Tür hinter sich zuzieht. Er pichelt sein Bier, überfliegt das Fernsehprogramm, schimpft: "Nur Krimis und Wiederholungen", zappt sich durch bis zu einem Rate-Quiz und ist kurz darauf eingenickt.

"Gerlinde feiert heute ihren siebzigsten Geburtstag hinten in der Laube", erwähnt Elfriede ein paar Wochen später beim Frühstück. "Das wird bestimmt ein tolles Fest." Gelangweilt blickt Walter über den Rand der Zeitung.

"Und wann soll das losgehen?"

"Um sieben."

"Und was ist mit dem Essen?", schnaubt er.

"Natürlich richte ich dir vorher was hin", sichert sie ihm zu. "Ich esse bei Gerlinde."

"Hoffentlich macht ihr nicht so viel Krach!", murrt Walter.

"Also dann". Sichtlich nervös stellt sie ihm abends sein Essen und ein 'Kurpfälzer Helles' hin.

"Im Kühlschrank habe ich noch ein paar Flaschen

kaltgestellt. Du brauchst nicht auf mich zu warten." Und schon ist sie verschwunden. Walter schaltet den Fernseher ein. Er lässt mit einem Plopp den Verschluss aufschnappen und nimmt einen kräftigen Schluck. Mürrisch schiebt er Gabel für Gabel Thunfischsalat in den Mund. Aus dem Nachbargarten schallen Geplapper und Gelächter der eintreffenden Gäste. Demonstrativ betätigt er den Lautstärkeregler der Fernbedienung und kippt den Rest in einem Zug. Er gießt sich einen Verdauungsschnaps ein und leert die Hälfte einer weiteren Flasche.

"Das Geschnatter hält ja kein Mensch aus", knurrt er und schüttet einen zweiten Klaren hinterher. Die Nachrichten verfolgt er bereits mit halb gesenkten Lidern. Vom Wetterbericht und der feuchtfröhlichen Party im Nachbargarten bekommt er nichts mehr mit. Auch nichts vom Blitzbesuch seiner Nachbarin, die, als es dunkel geworden ist unter dem Vorwand, "Nur eben mal schnell für kleine Mädchen", ihre Damenrunde verlässt und unbemerkt seine halb geleerte Flasche austauscht.

Verschwitzt und mit trockener Kehle wird er kurz darauf durch lauten Gesang von nebenan geweckt. "Auch das noch!", stöhnt er, tastet im schwachen Licht der Mattscheibe nach der Bierflasche, öffnet den Bügel und setzt sie begierig an. Im Schlucken spürt er einen stechenden Schmerz und fasst sich entsetzt an den Hals. Sein Kehlkopf schwillt an, seine Augen weiten sich. Er will nach Elfriede rufen, aber er bringt nur klägliche Laute zustande. Er ringt nach Luft. Dann kippt er zur Seite.

Es ist Anfang Oktober, als Elfriede und Gerlinde auf der Terrasse des Kurpark-Cafés die Strahlen der tief stehenden Sonne genießen. Gerlinde schwelgt in ihrer Schwarzwälder Kirschtorte.
"Schwarzwälder Kirsch – die gab es dort auch immer, wo Walter und ich Urlaub machten", erinnert sich Elfriede gedankenversunken.
"Werde bloß nicht sentimental!", ermahnt Gerlinde.
"Denk lieber daran, was dir erspart bleibt."
"Du hast ja recht". Elfriede schiebt sich genießerisch ihren Pflaumenkuchen mit Sahne in den Mund.
"Hmm, einfach lecker."
"Der Bienenstich war aber auch verlockend", grinst Gerlinde. Elfriede schüttelt sich.
"Der wäre mir wahrscheinlich im Hals stecken geblieben."
"Ja, so ein Bienenstich kann ganz schön gefährlich sein, besonders für die armen Bienen, die so einen Stich nicht überleben." Elfriede verschluckt sich und muss husten.
"Walter war immer so knauserig. Ich hätte nie gedacht, dass er mich so gut versorgen würde", erwähnt Elfriede nachdenklich. "Bist du sicher, dass da nichts mehr…?" Ihre Stimme klingt plötzlich besorgt.

"Ganz sicher! Schließlich habe ich bei der Versicherung jahrzehntelang unklare Todesfälle bearbeitet." Gerlinde legt beruhigend die Hand auf ihren Arm.
"Die Sache ist ad acta, sonst hättest du das Geld nicht bekommen."

"Haben die Damen noch einen Wunsch?", erkundigt sich der Ober, während er das Kaffeegeschirr auf sein Tablett lädt.
"Ich hätte jetzt Lust auf einen Caipirinha" entscheidet Gerlinde spontan, "und du?"
"Ich nehme das gleiche."
"Caipirinhas, sind das nicht diese heimtückischen Mörderfische oder heißen die Caipiranhas?", flüstert Elfriede, als der Ober außer Hörweite ist.
"Das sind Piranhas", amüsiert sich Gerlinde, "Caipirinha ist ein brasilianischer Cocktail mit Zuckerrohrschnaps. – Aber die Namensähnlichkeit hat etwas."

"Auf unsere Männer!" Gerlinde erhebt ihr Glas, nachdem der Ober serviert und sich wieder entfernt hat.
"Auf unsere Männer!", pflichtet Elfriede bei, während sie die Gläser aneinander klingen lassen. Und glucksend wie zwei Teenager ergänzen sie gemeinsam:
"Mögen sie beide in Frieden ruhen."

RÜCKENLAGE

Simone hängte ihren Bademantel und das Badetuch an den Haken und stieg die sechs Stufen hinunter ins wohltemperierte Schwimmbecken. Es war kurz vor einundzwanzig Uhr. Nur noch zwei Frauen zogen, sich miteinander unterhaltend, ihre Bahnen. Der Bademeister sammelte bereits die 'Nudeln' ein - Schwimmhilfen in Form von langen, farbigen Rollen aus Schaumstoff. Um einundzwanzig Uhr endete seine Aufsicht. Die beiden Frauen schwammen ihre letzte Runde, kletterten aus dem Becken, verabschiedeten sich, ihm zuwinkend, mit einem "Bis morgen" und verschwanden in Richtung Duschen und Umkleidekabinen. Jetzt hatte Simone das Becken für sich. Welch ein Genuss.

Wegen Problemen mit der Wirbelsäule war die Mittvierzigerin in die Reha-Klinik gekommen. Der zuständige Arzt hatte ihr Schwimmen in Rückenlage verordnet.
"Das ist besser für ihre Bandscheiben", hatte er ihr erklärt. "Brustschwimmen ist Gift für ihre Schmerzen". Simone konnte nicht Rückenschwimmen. Deshalb nahm sie in der Reha an einer entsprechenden Übungsgruppe teil und war überrascht, wie gut es klappte. Es war eine kleine Gruppe, mit ihr sechs Frauen und zwei Männer. Einer der beiden Männer,

der gut und gerne hätte ihr Vater sein können, versuchte mehrfach näheren Kontakt mit ihr aufzunehmen. Aber sie gab ihm zu verstehen, dass sie kein Interesse an einem Kurschatten hatte. Der andere, etwa in ihrem Alter, schien genau wie sie eher ein Einzelgänger zu sein. Hin und wieder sah sie ihn alleine im Kurpark spazieren gehen oder er saß auf der Klinikterrasse und las. Auch in der Rückenschwimmgruppe hielt er sich meist bedeckt, sprach kaum mit den anderen Teilnehmern.

Nach der Hälfte der Übungsstunden wurden Simones Rückenschmerzen zusehends besser. Deshalb übte sie, nachdem die genehmigten Therapiestunden zu Ende waren, selbstständig jeden Tag das Erlernte. Sie traf stets erst abends zum Ende der beaufsichtigten Badezeit ein. Wenn keine anderen Leute im Schwimmbecken waren, fühlte sie sich sicherer beim Rückenschwimmen. Dann konnte sie entspannt mit dem Hinterkopf auf dem Wasser liegen, ohne etwas zu sehen, da niemand vor ihr war oder ihr entgegenkam. Außerdem genoss sie es, das ganze Bad für sich alleine zu haben, sich unbeobachtet im Becken bewegen zu können. Von dem Schatten, der sie fast immer von draußen durch die große Glasscheibe belauerte, ahnte sie nichts.

Während sie sich rücklings durch das Wasser gleiten ließ, stellte sie sich vor, sie befände sich zuhause in einem eigenen Schwimmbad. Es war herrlich, die

Fantasien spielen zu lassen, sich einzubilden, dass sie sich jederzeit diesen Luxus gönnen konnte, wann immer sie das Bedürfnis dazu hatte. Am Beckenende angelangt, wendete sie und schloss für einige Schwimmzüge die Augen. Verträumt lauschte sie dem Plätschern, das ihre Arm- und Beinbewegungen verursachten.

"Welch ein beruhigendes Geräusch", ging es ihr durch den Sinn. "Jetzt fehlt nur noch etwas meditative Musik." Es war ihr letzter Abend in der Klinik. Insgesamt vier Wochen hatte sie hier verbracht. Sie drehte sich in Bauchlage, um nach der Uhr über der automatischen Glastür zu schauen.

"Schon halb zehn", stellte sie mit Bedauern fest. Sie seufzte und schloss eine Bahn Brustschwimmen an. Nur noch eine halbe Stunde. Dann würde hier das Licht ausgehen. Nach zweiundzwanzig Uhr war der Aufenthalt in der Schwimmhalle nicht mehr erlaubt. Mit Wehmut dachte sie daran, dass das eigene Bassin ein unerfüllbarer Traum war und es künftig kaum möglich sein würde, das Rückenschwimmen konsequent fortzusetzen. Das nicht weit von ihrer Wohnung entfernte Hallenbad war stets gut besucht und die trainierenden Wettkampfschwimmer, wie auch andere Badegäste, nahmen wenig Rücksicht auf Leute wie sie.

"Denke nicht an das, was kommt, genieße das, was ist", ermahnte sie sich und wendete am hinteren Beckenrand. Sie legte sich noch einmal auf den Rücken. Noch vier oder sechs Bahnen konnte sie in ihren Träumen schwelgen, bevor sie sich schweren Herzens von ihrem privaten Pool verabschieden musste. Überrascht vernahm sie, dass sich die Tür zur Schwimmhalle öffnete.

"Wer kommt denn jetzt noch um diese Zeit?", dachte sie irritiert und mit Unbehagen. Von draußen vernahm sie angeregte Unterhaltung und Lachen einer Männertruppe, die aus der benachbarten Sauna kam. Sie probierte den Kopf Richtung Eingang zu drehen, geriet dabei aus dem Rhythmus und musste mit Armen und Beinen rudern, um sich über Wasser zu halten. Endlich auf dem Bauch angekommen, war im Bad niemand mehr zu sehen. Die Tür hatte sich bereits wieder geschlossen.

"Vielleicht wollte einer der Saunagäste nur mal kurz reinschauen", versuchte sie sich zu beruhigen und setzte ihre Route fort. Aber sie fühlte sich gestört und aus ihren Illusionen gerissen.

Ein greller Blitz ließ die Halle für Sekundenbruchteile taghell erscheinen. Für einen Wimpernschlag war draußen eine dunkle Gestalt sichtbar geworden. Aber Simone hatte sie nicht bemerkt. Gleich darauf donnerte es krachend. Peitschender Regen schlug gegen die bodentiefen Außenscheiben. Missmutig beschloss sie, nach der nächsten Bahn das Becken zu verlassen und sich stattdessen lieber eine ausgiebige Zeit unter der Dusche zu gönnen. Sie stieg aus dem Wasser, streifte die Badeschuhe über die Füße,

schlang das Badetuch um sich, legte den Frottee-
mantel über den Arm und betätigte den Türöffner.

Auf dem Gang der Bäderabteilung war es fast dunkel. Nur die Notbeleuchtung verbreitete ihr
schummriges Licht. Kein Laut war zu hören. Sie
war wohl die Einzige, die sich noch hier aufhielt. In
der Umkleidekabine, in der sich ihre Kleider befanden, legte sie Mantel und Handtuch ab, zog den Ba-
deanzug aus und huschte unter die Dusche. Mit geschlossenen Augen genoss sie das angenehm
warme Wasser, das auf ihren Kopf prasselte und
ihren Körper entlang glitt.
"So eine Brause ist etwas Herrliches", stellte sie ge-
nießend fest. "Viel besser als die Badewanne zuhause". Plötzlich war ihr, als wäre sie nicht mehr alleine
im Raum. Sie fühlte sich beobachtet und öffnete abrupt die Augen. Doch da war niemand.
"Jetzt siehst Du an Deinem letzten Tag hier noch
Gespenster". Sie schüttelte mit einem schwachen
Lächeln den Kopf, drehte das Wasser ab und ging
zur Kabine. Sie konnte es sich nicht erklären, doch
sie fühlte sich mit einem Mal unwohl und wollte so
schnell wie möglich weg von hier. Sie trocknete
sich nur flüchtig ab und schlüpfte noch halb feucht
in die Unterwäsche.

Plötzlich ging die Tür auf. Sie hatte sie in der Eile
und Aufregung nicht verschlossen, sondern nur
angelehnt. Vor ihr stand der Einzelgänger in seinem

blau-weiß-gestreiften Bademantel. Was wollte der hier? Simone war einen Moment lang so perplex, dass sie zunächst keinen Ton rausbrachte. Sie schnappte nach dem klammen Duschtuch, dem nächstbesten Gegenstand, um sich vor seinen Blicken zu schützen. Es war ihr vorher nicht aufgefallen, dass er kaum größer war als sie. Aber er wirkte auch kräftiger als in ihrer Erinnerung. Als sich ihre Erstarrung löste, fuhr sie ihn an:

"Was wollen Sie hier?" Er gab keine Antwort. Sein Blick war undurchdringlich. Sie versuchte es noch einmal.

"Hauen Sie ab, oder ich rufe den Bademeister!" Täuschte sie sich, oder spielte die Andeutung eines Lächelns um seinen Mund? Schlagartig wurde ihr bewusst, dass ihre Drohung keinerlei Bedeutung besaß. Der Bademeister war längst aus dem Haus und hier unten im Tiefgeschoss konnte sie schreien, so viel sie wollte. Niemand würde sie hören. Sie fühlte die roten Flecken im Gesicht, die sie immer bekam, wenn sie sich aufregte. Ihr Herz begann zu rasen. Plötzlich verspürte sie instinktiv Gefahr. Und sie sah keine Chance, zu entkommen.

Ihr Gegenüber fasste sie bei den Schultern und zog sie langsam zu sich. Simone schossen Tränen der Wut und Verzweiflung in die Augen. In einem plötzlichen Impuls sich aufbäumend stemmte sie die Arme gegen seinen sich nähernden Körper. Mit einer Kraft, die sie sich selbst nicht zugetraut hätte, drückte sie ihn von sich weg, hob blitzschnell ihr rechtes Knie und traf ihn mit voller Wucht. Er jaulte auf wie ein Hund und taumelte rückwärts.

Simone schoss, halb angezogen wie sie war, an ihm vorbei und rannte um ihr Leben. Der Gang schien kein Ende zu nehmen. Noch eine Ecke und noch eine Ecke. Hinter sich vernahm sie das Keuchen ihres Verfolgers, das näher zu kommen schien. Plötzlich ging das Notlicht aus, sie stolperte und schlug auf den Boden. Sie schrie, schrie, was ihre Lungen hergaben, schrie hysterisch, bis ihr die Stimme versagte und sie von einem Schwindel erfasst wurde, der das Blut aus ihrem Kopf weichen ließ. Unfähig zu reagieren merkte sie, wie sich jemand über sie beugte, sie hochhob und forttrug. Dann verlor sie das Bewusstsein.

"Hier hatte es wohl jemand eilig", verkündete lauthals eine der Frauen von der Putzkolonne, die am nächsten Morgen in aller Frühe die Bäderabteilung sauber machten. Ihre Kollegin, die den Gang wischte, kam zum Duschraum und zusammen betrachteten sie sich amüsiert die in der Umkleidekabine zurückgebliebenen Kleidungsstücke.
"Bademantel, Jogginganzug - die muss ja in der Unterwäsche losmarschiert sein", resümierte die Hinzugekommene. Beide schüttelten lachend die Köpfe. Ein gellender Schrei ließ sie zusammenzucken. Sie schauten sich erschrocken an, dann rannten sie

los, Richtung Saunabereich. Vor der geschlossenen Saunatür hockte eine dritte Kollegin tränenüberströmt und in sich zusammengesunken auf dem Boden.

"Was ist los?", fragten beide bestürzt. "Du siehst ja aus, als sei Dir der Leibhaftige begegnet".

Sie zeigte nur stumm zur Tür. Beide schauten durch das kleine Glasfenster. Auf dem Boden lag eine Frau. Sie war nackt. Nur ihr Hals war bedeckt. Umschlungen vom blau-weiß-gestreiften Gürtel eines Bademantels.

MÄNNERBEKANNTSCHAFT

Judith saß auf der Gartenterrasse des italienischen Restaurants und starrte auf ihr halb volles Glas Montepulciano. Schon zwei Mal hatte sie den Ober wieder weggeschickt mit dem Hinweis, dass ihr Bekannter aufgehalten worden sei und sie mit dem Essen gern auf ihn warten würde. Die Sache war ihr ziemlich peinlich. Ursprünglich wollte Gunnar sie zu Hause abholen. Aber kurz vor dem vereinbarten Termin teilte er ihr telefonisch unter tausend Entschuldigungen mit, dass man ihn aus akutem Anlass zu einem dringenden Hausbesuch gerufen hat. Als selbstständiger Physiotherapeut mit eigener Praxis könne er das nicht ablehnen. Notgedrungen ging sie auf seinen Vorschlag ein, sich direkt im Restaurant zu treffen, da er vom entgegengesetzten Ende der Stadt käme.

Dezent warf sie einen Blick auf ihre Armbanduhr. Schon eine halbe Stunde über die vereinbarte Zeit. So langsam wurde ihr die Sache suspekt.
"Hoffentlich hat er unterwegs keinen Unfall gehabt", sorgte sie sich. Sie versuchte mehrere Male, ihn per Handy zu erreichen. Aber sie hörte nur eine verbindliche weibliche Stimme die ihr offerierte, dass der Teilnehmer zurzeit nicht erreichbar sei und sie es später noch einmal

versuchen solle. Nach dem fünften Versuch gab sie verärgert auf. Es sah ganz danach aus, als müsste sie diesen Abend alleine verbringen. Dabei war sie doch so gespannt auf Gunnar gewesen. Er klang sehr charmant am Telefon, als sie sich für heute Abend zum ersten Mal verabredeten. Sie kannten sich seit zwei Monaten über das Internet, hatten diverse Mails ausgetauscht und einige Telefonate geführt. Er machte eigentlich einen zuverlässigen Eindruck auf sie. Für dieses erste Treffen hatte sie sich ein neues Kleid geleistet und teure Besuche bei Friseur und Kosmetikerin gegönnt.

Sie seufzte. Wenn sie das geahnt hätte, wäre sie lieber daheim geblieben, hätte es sich auf ihrer Couch gemütlich gemacht und den neuen Krimi angeschaut, der jetzt im Fernsehen lief. Auf den freute sie sich schon die ganze Woche. Doch dann kam Gunnars Einladung zum Abendessen, die sie leichten Herzens und ohne Bedenken annahm. Zum Glück hatte sie daran gedacht, den Film aufzuzeichnen. So konnte sie ihn wenigstens später anschauen. Judiths Enttäuschung schlug in inneren Protest um.

"Nein, den Abend lasse ich mir nicht ganz verderben." Sie nahm ihr Handy, tat als würde sie telefonieren und winkte dann dem Ober, der sie beobachtete. Mit fester Stimme und einem tapferen Lächeln sagte sie:

"Bitte bringen Sie mir die Speisekarte. Mein Bekannter hat noch einen wichtigen Termin. Er schafft es leider nicht mehr, zu kommen. Aber der Abend ist zu schön, um jetzt schon nach Hause zu gehen und dort auf ihn zu warten". Sie bestellte als Vorspeise gegrillte Jakobsmuscheln mit weißer Balsamico-Creme, eine Dorade Royal mit marktfrischem Gemüse und zum Dessert Tiramisu mit einer Amaretto-Kastanien-Creme. Passend zum Fisch stieg sie auf Soave um. Während sie auf die Jakobsmuscheln wartete, dachte sie daran, wie die Geschichte mit Gunnar begonnen hatte.

An ihrem Geburtstag trugen ein paar Freundinnen eine Parodie zu dem Udo-Jürgens-Song "Mit sechsundsechzig Jahren" vor. Nach der Feier wurde ihr bewusst, dass sie seit dem Tod ihres Mannes vor acht Jahren keinen Kontakt mehr zum männlichen Geschlecht gehabt hatte, und dass ihr etwas fehlte. Sie begann, sich im Internet nach geeigneten Plattformen für Singles umzuschauen. Doch was sich da anbot, war alles andere als erfreulich. Sie wollte ihr Vorhaben fast schon wieder aufgeben, als sie Gunnar entdeckte. Er schien der einzige Mann zu sein, der weder auf weibliche Versorgung noch auf ein sexuelles Abenteuer aus war. Da er ihren Vorstellungen von einer Beziehung im fortgeschrittenen Alter entsprach, nahm sie Kontakt zu ihm auf. Nun kamen Judith Bedenken, ob sein Interesse und sein Charme vielleicht nur vorgetäuscht waren. Am

Ende war er gar ein Heiratsschwindler und sie gerade noch mit einem blauen Auge davongekommen. Etwas melancholisch beobachtete sie die Paare an den Nachbartischen. Sie war die Einzige, die alleine an einem Tisch saß. Es war das erste Mal und es war ein seltsames Gefühl. Judith beschloss, die Sache unter Erfahrung zu verbuchen, abzuhaken und den restlichen Abend zu genießen. Solche Typen wie Gunnar konnten ihr gestohlen bleiben.

Das ausgewählte Essen schmeckte ihr vorzüglich und der Wein brachte sie in eine gelöste Stimmung. Sie beschloss, ihr Auto stehen zu lassen und am nächsten Tag abzuholen und gönnte sich ein weiteres Glas. Als sie ihr Dessert genoss, war sie wieder bester Laune. Zur Abrundung wählte sie einen Espresso, bat den Ober, ihr die Rechnung zu bringen und bestellte ein Taxi. Daheim würde sie den Tag bei einem Schlummertrunk und dezenter Musik ausklingen lassen.

Sie ärgerte sich ein wenig über den Kleintransporter, der auf ihrem Parkplatz vor dem Eingang stand, aber es war ihr zu lästig, sich das Nummernschild anzuschauen und zu merken.
"Wenn ich morgen mein Auto hole, wird er weg sein", dachte sie und machte das Tor zum Vorgarten auf. Etwas am Haus irritierte sie. Sie konnte sich jedoch nicht erklären, was es war. Sie stieg die fünf Stufen zum Eingang hoch und öffnete die Haustür.

Von den Bewohnern im Erdgeschoss hörte sie das übliche laute Geräusch des laufenden Fernsehers. Das alte, offenbar schwerhörige Ehepaar lebte ziemlich zurückgezogen. Außer "Guten Tag" und "Guten Weg" hatten sie noch kaum Worte miteinander gewechselt. Leicht beschwingt nahm sie die Treppe zu ihrem Zuhause im oberen Stockwerk. Die Wohnungstür war nicht abgeschlossen. Im Flur brannte Licht. Jetzt war klar, was ihr unten aufgefallen war. Der Lichtschein war durch die Ritzen der geschlossenen Fensterläden gedrungen.

"War ich beim Verlassen der Wohnung so in Gedanken, dass ich weder Licht gelöscht noch abgeschlossen habe?" Sie konnte es kaum fassen und schüttelte über sich selbst den Kopf.

"Wenn ich das meinen Freundinnen berichten würde!"

Sie holte sich aus der Küche eine Flasche Rotwein und ein Glas und begab sich zum Wohnzimmer. Vor Schreck fiel ihr das Glas aus der Hand, als sie die Tür öffnete.

"Um Himmels willen, wie sieht es denn hier aus!", rief sie außer sich. Es herrschte ein heilloses Durcheinander. Schranktüren standen offen, Schubladen waren herausgerissen, der Inhalt lag zerstreut auf dem Boden. Das Fach, in dem sie ihren Schmuck aufbewahrte, war leer. Fernseher, Musikanlage und Laptop waren verschwunden. Mit bangen Schritten ging sie ins Schlafzimmer, um nachzuschauen, was der Dieb dort entwendet hatte. Natürlich fehlten ihr gesamtes Bargeld und weitere Wertgegenstände. Sie war außer sich. Wie konnte das passieren? Plötzlich kam ihr ein schrecklicher Verdacht. Es gab jemand, der wusste, dass sie diesen Abend nicht daheim verbrachte. Ihre Nerven waren bis aufs Äußerste gereizt. In ihrem Kopf begann es zu hämmern.

"Erst eine Tablette, sonst platzt mir der Schädel", dachte sie, "dann rufe ich die Polizei". Sie öffnete die Tür zum Bad, in dem sich die Medikamente befanden und betätigte den Lichtschalter.

Ihr hysterisches Auflachen beim Anblick des Spiegels über dem Waschbecken wich blankem Entsetzen, als darin ein Gesicht auftauchte. Im gleichen Moment traf sie ein tödlicher Schlag auf den Hinterkopf. Mit rotem Lippenstift stand quer über die Spiegelfläche geschrieben:

DAS VERSPRECHEN

"Hast du heute schon etwas gegessen?", versuchte er in Erfahrung zu bringen, als sie sich von ihm verabschieden wollte. Sie standen vor dem Gebäude, in dem fünf Minuten zuvor die Auflösung ihrer Ehe entschieden wurde. Nach knapp dreißig Jahren. Für ihr Gefühl hatte sie schon viel zu lange gedauert.

"Der Alltagstrott in unserer Beziehung geht mir zunehmend auf die Nerven", hatte sie ihrer besten Freundin schon vor zwei Jahren anvertraut. "Und unser Sex - ich kann machen, was ich will, er zeigt kaum Reaktion. Das Zusammensein ist eintönig geworden und spielt sich, sofern es überhaupt noch stattfindet, immer nach dem gleichen Muster und ausschließlich im Bett statt. Selbst mein Versuch, ihn mit teuren Dessous aus der Reserve zu locken, war ein Flop. Gestern bin ich aus dem Schlafzimmer ausgezogen". Bald darauf begann sie, auf die Scheidung zu drängen. Sie wollte noch etwas erleben, noch einmal durchstarten. Eine andere Beziehung, solange sie noch seinen Namen trug, war nicht ihr Ding. Mit Hartnäckigkeit hatte sie den Schlussstrich erreicht. Was sollte nun diese, seine Frage? Sie war völlig überrascht und schaute ihn ungläubig an.

"Seit wann interessierst du dich dafür, ob ich etwas gegessen habe?"

Ihr höhnischer Unterton war nicht zu überhören.

"Ich weiß", gestand er. "Aber ich dachte: Warum soll man eine Ehe, die man mit einem großen Fest begonnen hat, nicht wenigstens mit einer kleinen Abschiedszeremonie beenden. Ich würde dich gerne zum Essen einladen."

"Ist das dein Ernst?" Sie konnte sich ein spöttisches Lachen nicht verkneifen. "Nach dem Motto: Der letzte Eindruck soll positiv sein?" Dass er auf ihre Provokation nicht reagierte, verunsicherte sie etwas.

"Also - das kommt jetzt ziemlich überraschend für mich". In ihrem Kopf wirbelten Gedanken durcheinander. Sie versuchte sie zu ordnen, das Für und Wider abzuwägen. Er stand immer noch da, ohne einen Ton zu sagen. Schaute sie nur fragend an.

"Also von mir aus", stimmte sie schließlich zu und wurmte sich im gleichen Moment darüber. "Wo wolltest Du diese Abschiedszeremonie denn zelebrieren?" Ihr Tonfall war zynisch und gleichzeitig baute sich in ihrem Innern eine spürbare Anspannung auf.

"Lass dich überraschen". Er telefonierte kurz und orderte ein Taxi. Dem Taxifahrer gab er einen Zettel mit der Adresse und half ihr beim Einsteigen.

"Jetzt macht er auch noch auf Gentleman. Warum sind ihm solche Dinge nicht früher eingefallen?", murmelte sie sarkastisch, während er hinten um den Wagen lief. Ärgerlich drehte sie ihren Kopf demonstrativ Richtung Fenster. Während der Fahrt lief hinter ihren geschlossenen Lidern die letzte Zeit ab wie ein Film. Er hatte sich lange gegen die Trennung gesträubt. Schien mit dem ruhigeren Leben zufrieden zu sein.

Nach dem Auszug aus dem Schlafzimmer hatte sie darauf gedrängt, das Haus zu verkaufen. Es dauerte eineinhalb Jahre, bis er endlich dazu bereit war.

"Konsequenterweise sollten wir nun auch die Ehe auflösen", forderte sie fast täglich, nachdem jeder seine eigene Wohnung bezogen hatte. Schließlich hatte er eingewilligt.

"Ich bin gespannt, welches Lokal er sich ausgedacht hat", überlegte sie. Die Fahrt zog sich schon eine Weile hin. Sie hatte keine Ahnung, wo sie sich befanden, da sie immer noch in sich versunken war. Erst jetzt registrierte sie die leise Musik im Taxi. 'TIME TO SAY GOOD BYE' kam gerade aus dem Lautsprecher.

"Wie passend", dachte sie und begann die Melodie vor sich hin zu summen.

"Wir sind da!" Fast flüsternd kam der Hinweis von dem Mann an ihrer Seite, der nun nicht mehr ihr Mann war. Sie öffnete langsam die Augen und konnte es kaum fassen. Sie standen vor dem Hotel, in dem sie sich vor vielen Jahren bei einer Tanzveranstaltung kennengelernt und später die erste gemeinsame Nacht verbracht hatten. Es lag idyllisch inmitten einer kleinen Seenlandschaft. Sie blickte verwirrt und fassungslos durch die Scheibe. Draußen begann die hereinbrechende Dämmerung die Natur in milchig bläuliches Licht zu tauchen.

"Was hat er sich nur dabei gedacht? Warum ausgerechnet dieses Restaurant?" Sie spürte, wie sich Unmut in ihr breitmachte. Mit allem hatte sie gerechnet, nur nicht damit.

"Hätte ich mich nur nicht auf seine blöde Idee eingelassen", schalt sie sich innerlich. Sie ärgerte sich über ihn, aber mehr noch über sich selbst. Er bezahlte, stieg aus und hielt ihr wieder die Wagentür auf.

"Du scheinst ja nicht gerade begeistert zu sein", schloss er, sichtlich enttäuscht, aus ihren Gesichtszügen. Sie zog es vor, auf einen Kommentar zu verzichten. Wortlos bewegte sie sich neben ihm zum Eingang. Das Restaurant war um diese Zeit noch mäßig besucht. Er hatte einen Tisch am Fenster ausgesucht.

"Nehmen wir einen Aperitif?", fragte er lächelnd, als der Ober die Getränkekarte reichte.

"Wenn Du meinst", äußerte sie einsilbig.

"Kir Royal?" Sie nickte kurz, dann verschanzte sie sich hinter der Speisekarte. Kir Royal, damit hatte alles angefangen. Die Erinnerung flammte kurz in ihr auf, aber sie wischte die Gedanken unwillig beiseite.

"Eigentlich habe ich noch gar keinen Hunger", stellte sie für sich fest, ohne das Angebot an leckeren Gerichten angeschaut zu haben.

"Wir können ja erst einmal eine Vorspeise bestellen und uns mit dem Hauptgericht Zeit lassen", hörte sie ihn sagen, als könnte er ihre Gedanken lesen. Sie war leicht irritiert.

"Ist das der Mann, mit dem ich bis vor Kurzem unter einem Dach gelebt habe? Der gleiche Mann, der nicht das geringste Interesse zeigte, wie ich meinen Tag verbringe, ob es mir gut geht oder schlecht? Wie kommt es zu diesem Wandel, zu diesem seit Jahren ungewohnten Feingefühl?" Sie konnte sich kaum noch konzentrieren. Zu viel ging ihr durch den Kopf. Warum gab er sich solche Mühe, jetzt, nachdem alles vorbei war?

"Ich kann mich nicht entscheiden", überspielte sie die Situation.

"Wie wäre es mit einem gemischten Vorspeisenteller für zwei Personen? Dann kannst du nehmen, was Dir gefällt".

"Gute Idee". Erleichtert legte sie die Speisekarte beiseite. Er bestellte, als der Ober den Aperitif servierte.

"Auf unser gemeinsam gelebtes Leben". Er erhob sein Glas.

"Auf unsere künftige Freiheit", betonte sie etwas verdrossen und sah ihm ernst ins Gesicht.

"Wie absurd das alles ist", dachte sie. Erneut überfielen Sie Zweifel, ob es klug war, diese Zeremonie mitzumachen.

"Du bist so nachdenklich", bemerkte er. "Warum versuchst Du nicht alle Bedenken beiseite zu schieben und diesen letzten gemeinsamen Abend zu genießen?" Etwas an diesem Ausspruch wirkte seltsam.

"Wahrscheinlich bilde ich mir das nur ein", versuchte sie die aufkommenden Bedenken zu verscheuchen. "Eigentlich hat er ja recht. Warum mache ich mir so viele Gedanken? Wir sind zwar nicht mehr verheiratet, aber ist das ein Grund, den ganzen Abend darüber zu grübeln, ob es richtig war, mit ihm noch einmal essen zu gehen?" Als der Ober die Vorspeise brachte und sie sich beide von der gleichen Platte bedienten, wurde ihr die Komik der Situation bewusst und ein Lächeln huschte über ihr Gesicht.

"Wann haben wir uns das letzte Mal ein Gericht geteilt?", überlegte er halblaut, ohne eine Antwort zu erwarten. Sie beobachtete verstohlen, wie er in sich vertieft die Gabel zum Mund führte.

"Es ist schon ein seltsames Gefühl", hörte sie sich sagen. "Einerseits vertraut nach so vielen Jahren, und doch ist da eine Art Fremde zwischen uns entstanden."

"Wie konnte das passieren? Was ist da schiefgelaufen?" In seiner Frage war der traurige Unterton nicht zu überhören. Er nahm sein Glas und leerte den Rest in einem Zug.

"Lass uns jetzt nicht über Versäumnisse der Vergangenheit reden. Wir haben eine Entscheidung getroffen und sollten in die Zukunft schauen", beharrte sie.

"Bist Du einverstanden, wenn ich uns eine Flasche Rosé bestelle?" Sie nickte. Sie entschieden sich beide für das gleiche Fischgericht, das sie auch damals gewählt hatten. Die Küche richtete es ebenfalls auf einer gemeinsamen Platte an. Die schmackhafte Speise und der Wein trugen dazu bei, dass sich die Spannung in ihr abbaute.

"Der Fisch ist vorzüglich zubereitet. Und auch der Wein schmeckt köstlich", stellte sie genießerisch fest. "Ich glaube, ich habe schon einen kleinen Schwips", gestand sie schmunzelnd, "ich bin Alkohol nicht mehr gewohnt, habe in letzter Zeit kaum welchen getrunken".

"Ich auch nicht", bestätigte er. "Erinnerst Du Dich noch an Deinen Schwips in unserem ersten Urlaub?", begann er die Unterhaltung vorsichtig in die Anfangszeit ihrer Beziehung zu lenken.

"Und wie! Vor allem an die Folgen", amüsierte sie sich. "Der Wein in der Strandbar war so süffig…" Während sie aßen, fielen ihnen weitere Erlebnisse aus dieser glücklichen Zeit ihrer Ehe ein. Sie war froh, dass die Unterhaltung ihren trübsinnigen Charakter verlor. Fast ungezwungen plauderten sie jetzt miteinander. Hin und wieder hörte man sogar ein verhaltenes gemeinsames Lachen. Trotzdem war eine gewisse Melancholie zu spüren.

"Noch zwei Espressi?", erkundigte sich der Ober, als er die Dessertschalen abräumte. Sie nickten zustimmend.

"Obwohl ich dann vermutlich nachher wieder nicht einschlafen kann", meinte sie seufzend.

"Ich wüsste da was als Überbrückung". Sein Blick wanderte vielsagend zur Decke Richtung Gästezimmer.

"Du hast doch nicht etwa ...?" Für einen Moment stockte ihr der Atem.

"Nur wenn Du einverstanden bist." Seine Worte hörten sich schmeichelnd an. Sie spürte, wie sich die Taktzahl ihrer Herzschläge erhöhte. Ihr wurde heiß. Was bezweckte er mit seinem Vorschlag? War er überhaupt so gemeint, wie sie dachte? Ihre gewohnte Souveränität verkroch sich gerade in ein Schlupfloch.

"Ich muss mal kurz – Du weißt schon", entschuldigte sie sich mit einem gezwungenen Lächeln und verschwand Richtung Toilette. Sie ließ kaltes Wasser über die Unterarme laufen und betupfte sich die Schläfen. Sie hatte keinen Sex mehr gehabt, seit sie das gemeinsame Schlafzimmer verlassen hatte. Ihr Kopf schwankte noch, ihr Körper hatte bereits zugestimmt.

"Warum eigentlich nicht", beschloss sie, nachdem sie sich mit dem Gedanken vertraut gemacht hatte. Als sie ihm wieder gegenübersaß, legte sie ihre Hand auf die seine und lächelte ihm zu. Aus einer unerklärlichen Laune heraus hatte sie am Morgen die Dessous jener missglückten Nacht ausgewählt, die seither unberührt im Schrank lagen. Es war für sie wie eine Bestätigung gewesen für den Schritt, zu dem sie sich damals entschlossen und den sie mit allem Nachdruck verfolgt hatte. Würde die aufreizende Wäsche hier in der ungewohnten Umgebung ihre Wirkung entfalten, ihn in den einfühlsamen, fantasievollen, leidenschaftlichen Liebhaber verwandeln, den sie von früher kannte? Und ihm gleichzeitig bewusst machen, was er durch sein damaliges Desinteresse verspielt hatte?

Nachdem sie nach oben gegangen waren, betrachtete sie sich kritisch im Spiegel des Badezimmers. Hatte sich ihr Körper sehr verändert, seit er ihn das letzte Mal unbedeckt gesehen hatte? Wirkte sich die Zeit der Enthaltsamkeit auch bei ihm positiv auf sein Verlangen aus? Sie wühlte in dem nicht gerade üppigen Inhalt ihrer Handtasche, suchte nach Utensilien, um sich wenigstens einigermaßen auf die ungeplante Begegnung vorzubereiten. Mit einer Mischung aus Anspannung und Entschiedenheit drückte sie die Türklinke nach unten. Er empfing sie mit zwei Gläsern in der Hand. Ein attraktiver Mann Mitte fünfzig, mit dem sie, die nun ungebundene Frau im besten Alter, gleich ungezwungen Sex haben würde. Mit verführerischem Lächeln und aufreizendem Gang schlenderte sie auf ihn zu.
"Lulu", murmelte er bewegt. So hatte er sie lange nicht mehr genannt. Die Knöpfe an seinem Hemd waren fast alle geöffnet. Das Brusthaar, das sie verstohlen betrachtete, schimmerte dezent grau meliert und machte sie an. Sie befeuchtete ihren Zeigefin-

ger aufreizend mit der Zunge und zeichnete damit vom Hals bis zur Taille seine Körpermitte nach. Als er ihr den Champagner reichte, betörte sie der vertraute Duft seines Parfums und versetzte sie in eine Art Rauschzustand.

"Bist du nervös?", fragte er, als sie die prickelnde Flüssigkeit viel zu hastig leerte. Die Art, wie er es sagte, löste ein gewisses Unbehagen in ihr aus. Er zog sie an sich, begann sie zu enthüllen. Unter seinen Liebkosungen erwachte in ihr die lange unterdrückte Lust. Erregt fing sie ebenfalls an, ihn aus seinem Hemd zu schälen. Vergrub dabei ihr Gesicht zärtlich in seine lockige Behaarung. Ihre Zunge spielte mit seinen Brustwarzen. Sie ließ ihre Finger über seinen Körper tänzeln, zu seinen Lenden hinabgleiten. Sie löste seinen Gürtel, begann an Knopf und Reißverschluss seiner Hose zu hantieren.

"Warte noch!", schlug er schwer atmend vor und führte ihre Hände unter leidenschaftlichen Küssen wieder nach oben, während er sie weiter entkleidete.

Schließlich stand sie, nur in die Dessous gehüllt, vor ihm. Er streichelte zärtlich über die filigranen Spitzen. Ein begieriger Schauer durchzog sie. Er öffnete den BH. Sie streifte ihn erwartungsvoll ab. Dann hob er sie hoch, ließ sie sanft auf das Bett gleiten und setzte sich neben sie. Vorsichtig zog er die Flasche aus dem Sektkühler, ohne das darüber gebreitete Serviertuch zu benutzen. Flüchtig nahm sie die seltsame Ausbeulung wahr, die der weiße Stoff an einer Stelle bildete. Wie gedankenverloren er war, als er ihr Glas erneut füllte, entging ihr.

"Nur halb!", gebot sie lächelnd Einhalt, "ich habe eigentlich schon genug". Sie setzte sich etwas auf, um einen kleinen Schluck zu nehmen. Er nippte nur, stellte dann wie abwesend beide Kelche wieder auf den kleinen runden Tisch. Plötzlich fiel ihr auf, dass er schon im Restaurant sehr zurückhaltend getrunken hatte.

"Schließ die Augen Lulu!", bat er kaum hörbar. Sie spürte seinen heißen Atem dicht neben ihrem Ohr. Verwundert registrierte sie ein leichtes Zittern seiner Hand, als er ihr über das Gesicht streichelte.

"Erinnerst du dich an den Froschkönig? An das Gebot des Königs?" Seine Stimme klang nun beklommen und heiser. Worauf wollte er hinaus mit seinem Hinweis auf das Märchen?

"Was man versprochen hat …" Er ließ das Zitat unvollendet im Raum stehen. Ihr Herz begann wild und aufgewühlt zu pochen. Sie fühlte, wie sein Finger die Monde an ihren Brüsten nachzeichnete.

"Ich liebe dich noch immer - mehr als mein Leben", brach es aus ihm heraus. Betroffen riss sie die Augen auf. Starrte bestürzt und wie versteinert auf das, was sie sah. Seine Rechte umfasste das Serviertuch. Aus ihm blinkte die Schneide eines Messers.

"Bis dass der Tod euch scheidet", stieß er hervor. Sie schrie panisch auf. Im gleichen Moment stach er zu. Rammte die Waffe mit beiden Händen in seine Brust. Der Schock ließ sie erstarren. Tiefes Rot spritzte nach allen Seiten. Sein Oberkörper fiel auf sie wie ein Stein. Der Aufprall schob das Messer noch tiefer in sein Herz. Der Schaft zerdrückte ihr den Busen. Ein bestialischer Schmerz nahm ihr das Bewusstsein. Unaufhörlich quoll Blut aus seiner Wunde. Ergoss sich pulsierend über sie. Breitete sich warm zwischen ihnen aus und bedeckte wie ein Mantel ihre Nacktheit.

ENTWISCHT

"Bitte macht doch endlich die Türen frei. Die nächste Bahn steht schon hinter uns", kommt es genervt aus dem Lautsprecher. Der Sonderwagen der Straßenbahn ist gerammelt voll. Trotzdem versuchen immer noch Leute, sich durch die Eingänge zu drängen. Eng gequetscht stehen die enttäuschten Anhänger. Umfallen unmöglich. Wie immer, wenn die *ICEBREAKERS* gespielt haben. Die allgemeine Stimmung ist mies. Es war das letzte Heimspiel vor der Winterpause. Und wieder hat der Gegner die wertvollen Punkte geholt.

"Lasst mich durch, ich muss noch mal raus". Ein Mann im Fantrikot der Heimmannschaft, wie die meisten der Fahrgäste, kämpft sich durch die meuternde Menge zurück zum Ausgang. Nur widerwillig machen ihm die Umstehenden Platz.

"Du Banause! Hättest Du Dir das nicht früher überlegen können?", mault einer, der plump zur Seite gedrückt wird. Er gibt dem Vorbeidrängenden einen unsanften Stoß in die Rippengegend. Die entstehende Lücke schließt sich sofort wieder.

"Können wir jetzt endlich?", ertönt noch einmal die Stimme des Fahrers, während die Türen schließen und sich die Bahn mit einem Ruck in Bewegung setzt. Lauthals wird diskutiert, wer oder was schuld an der augenblicklichen Krise ist, und welche Konsequenzen man ziehen müsste.

"Die hatten wohl schon ihren Weihnachtsurlaub im Kopf ", schimpft ein Mann, der einen Sitzplatz erwischt hat.

"Nein, schuld sind die Schiedsrichter, die haben mal wieder gegen uns gepfiffen", widerspricht eine füllige Frau neben ihm.

"Ach, was Du immer hast. Denen müsste man einfach mal die Gelder kürzen, wenn sie sich nicht richtig ins Zeug legen. Dann würde es wieder klappen." Seit Anfang Dezember gibt es eine Niederlage nach der anderen. Dabei hat die Saison so gut begonnen. Manche haben im Geist schon die Wiederholung des Titels gefeiert.

"Den Spielern ist die Meisterschaft zu Kopf gestiegen. Jetzt meinen sie, alles läuft von alleine", kommt es aus einer anderen Ecke.

"Klar, ein Besuch im Rathaus beim Oberbürgermeister und vom Balkon winken, das ist natürlich einfacher, als den Puck ins Tor zu bringen", entgegnet der Nebenstehende.

"Ich habe es ja schon immer gesagt: Der Trainer nimmt sie nicht hart genug ran", weiß ein Dritter.

"Wenn das so weiter geht, war das die letzte Saison, für die ich mir eine Dauerkarte geholt habe", murrt Roland.

"Das sagst Du jedes Mal", meint sein Kumpel Wolfgang. "Die kommen schon wieder, warte ab". Halblaut flüstert er zu Roland gebeugt: "Gott sei

Dank steigen an der nächsten Station viele um. Dann gibt es endlich Platz. Der hinter mir hängt schon die ganze Zeit mit seinem Kopf halb auf meiner Schulter. Hat wohl zu viel getankt". Der zum Eisstadion eingesetzte Sonderwagen der Verkehrsbetriebe hält an der Umsteigestelle. Der Zug in die umliegenden Ortschaften steht schon am gegenüberliegenden Bahnsteig bereit. Ein Großteil der Fahrgäste schiebt sich zu den Ausgängen und eilt zu der wartenden Bahn.

"Hey, lasst mich mal durch, ich muss hier raus", vermeldet lauthals einer der frustrierten Fans.

"Hör auf zu drängeln da hinten! Du bist nicht der Einzige, der dort rüber muss", erwidert sein Vordermann gereizt.

"Gehen wir in der Stadt noch was trinken, bevor wir weiterfahren?", fragt ein junger Mann seine Begleiter auf dem Weg zur Tür. "Ich habe keine Lust mir zuhause gleich wieder anzuhören, dass man mit dem Eintrittsgeld was Vernünftigeres anfangen könnte".

"Ich muss den Schock auch erst hinunterspülen, bevor ich mich daheim ins Bett lege", stimmt einer seiner Kameraden zu. Die anderen nicken bestätigend. Roland und Wolfgang treten zur Seite, um die Umsteiger vorbei zu lassen. Im selben Moment gibt es hinter Wolfgang einen dumpfen Schlag.

"Hoppla", kommentiert ein nicht mehr nüchterner Zeitgenosse und bekräftigt seinen Ausruf mit einem kräftigen Rülpser. Erschrocken und entsetzt blicken die Umstehenden auf den gestürzten Mann. Aus seinem Rücken quillt Blut. Sein Trikot ist rot gefärbt. Zwei junge Mädchen beginnen hysterisch zu kreischen.

"Nichts wie raus hier!", meint ein beleibter Herr, der die Lage blitzschnell erfasst. "Wir rufen uns lieber ein Taxi. Sonst kommen wir heute nicht mehr nach Hause". Eine Gruppe älterer Männer, die sich gerade auf den frei gewordenen Sitzplätzen niedergelassen hat, stürmt aus dem Wagen. Andere versammeln sich mit entsetzten Gesichtern um den am Boden Liegenden. Einige zücken ihre Handys und telefonieren. Manche machen Fotos. Wolfgang geht in die Hocke und dreht den Mann vorsichtig um.

"Kennt ihn jemand", fragt er in die Runde. Alle schütteln die Köpfe.

"Das scheint keiner von uns zu sein".

"Ist er tot?", fragt kaum hörbar eines der beiden Mädchen, die sich jetzt eng umarmt halten.

"Ich bin kein Arzt".

"Ich lauf nach vorne und informiere den Fahrer. Passt auf, dass die Tür nicht zugeht." Roland spurtet draußen die Bahn entlang.

"Wir brauchen einen Krankenwagen. Da hinten liegt jemand blutend auf dem Boden", brüllt er atemlos dem Wagenführer entgegen. Wie ein Lauffeuer pflanzt sich die Nachricht bei den Fahrgästen im vorderen Teil fort.

"Mist, das hat mir gerade noch gefehlt", murmelt der Fahrer, der seinen nach dieser Tour wohlverdienten Feierabend schwinden sieht. "Warum verpasst man mir immer diese Einsätze zum Stadion?", denkt er missmutig. Über Funk gibt er eine Kurz-Info an die Zentrale. "Wir haben einen Zwangsaufenthalt. Angeblich liegt im hinteren Wagenteil ein Verletzter. Ich melde mich wieder, wenn ich Genaueres weiß". Er zwängt sich durch die murrenden Fahrgäste zur von Roland beschriebenen Stelle, um sich über die genaue Situation zu informieren.

"Was ist denn los? Wann geht es weiter?", wollen einige wissen, die vor lauter Diskutieren nichts mitbekommen haben. Hinten angelangt, betrachtet er den Betroffenen, spricht ihn an, ohne dass dieser eine Reaktion zeigt. Er befragt ergebnislos die wenigen noch Umstehenden, ob jemand etwas gesehen hat. Schließlich erstattet er seiner Leitstelle Bericht.

"Ich muss Sie leider bitten, im Wagen zu bleiben, bis die Polizei eingetroffen ist", gibt er über das Mikrofon den verärgerten Fans bekannt und schließt entsprechend der erhaltenen Anweisung die Türen.

"Das kann dauern, bis wir heute heimkommen", meint eine Frau zu dem Mann, der neben ihr sitzt, und wischt mit dem Ärmel ein Sichtloch in die beschlagene Fensterscheibe.

"Und nicht mal was zu trinken", beschwert sich ihr Nebenmann.

"Ich habe Dir gleich gesagt, dass es besser wäre, mit der S-Bahn zu fahren. Aber Du hast ja gemeint, mit der Straßenbahn wären wir schneller. Das haben wir jetzt davon", kommt es aus einer anderen Ecke.

"Ach du lieber Himmel", entfährt es Wolfgang, als er neben sich eine Frau entdeckt, deren Hemd ebenfalls rot befleckt ist. "Sie sind ja hinten ganz verschmiert". Sie hat mit dem Rücken zu dem Mann gestanden.

"Die Flecken bekommst Du nicht mehr raus", befürchtet ihr Begleiter, der kritisch den Schaden betrachtet.

"Mit kaltem Wasser probieren!", kommentiert eine ältere Frau knapp.

Mit lautem Sirenengeheul nähern sich Einsatz- und Rettungswagen. Der eingetroffene Notarzt untersucht unter den gaffenden Blicken der Umstehenden den am Boden Liegenden und schüttelt dann den Kopf.

"Da ist nichts mehr zu machen", erklärte er trocken. "Sieht aus wie eine Stichverletzung, aber nur eine schmale Wunde, Stilett oder was in der Richtung". Während die Polizei mit den Verhören beginnt, wird das Opfer abtransportiert.

"Ich habe nur gemerkt, dass sich der Mann immer mehr mit seinem Hinterteil an mich gedrängt hat. Ich hätte ihm am liebsten eine Ohrfeige gegeben", schluchzt die Frau mit dem blutverschmierten Trikot. "Ich konnte doch nicht ahnen ..."

"Ich habe noch zu meinem Kumpel gesagt, dass der wohl zu viel getrunken hat, weil sein Kopf auf mei-

ner Schulter immer schwerer wurde. Aber umdrehen war ja in der Menschenmenge unmöglich", bestätigt Wolfgang. Niemand kennt den Getöteten oder kann etwas zur Aufklärung seiner Identität beitragen. Auch einen Ausweis trägt er nicht bei sich.
"Wie immer", raunt ein Polizist seinem Kollegen zu." Kein Mensch hat was gesehen oder gehört. Und wir sollen jetzt wieder Hellseher sein und das Ganze aufklären".

Nach Aufnahme der Personalien kann der größte Teil der Fahrgäste in den inzwischen bereitgestellten Ersatzbus umsteigen. Nur Roland, Wolfgang und eine Handvoll Leute, die in der überfüllten Bahn direkt neben oder hinter dem Toten gestanden haben, bleiben im Wagen. Keiner von denen kann sich jedoch erinnern, den Toten vorher gesehen zu haben. Alle noch Anwesenden erinnern sich allerdings an den Mann, der sich kurz vor der Abfahrt wieder aus dem Wagen gedrängt hat. Drei von ihnen sind sich ziemlich sicher, ihn unmittelbar vorher hinter dem Erstochenen gesehen zu haben.
"Ich habe es genau gesehen. Der Typ, der sich aus der Bahn gedrückt hat, stand direkt hinter dem armen Kerl. Stimmt's Robert?"
"Genau wie Karlheinz es sagt, genau hinter ihm. Du hast es doch auch gesehen, Siggi".
"Ja, das stimmt hundertprozentig. Direkt dahinter".
"Können Sie den Mann beschreiben, der die Bahn verlassen hat?", will einer der Polizisten wissen.

"Ein Fantrikot hatte er an, wie die meisten."

"Und sonst?"

"Wie, und sonst?"

"Ja, wie hat er ausgesehen? Wie groß war er? Haarfarbe? Alter? Besonderheiten - Tätowierungen zum Beispiel oder Narben?" Die drei schauen sich ratlos an.

"Etwa mittelgroß, zwischen vierzig und sechzig vielleicht. Haarfarbe dunkelgraubraun. Ich weiß es nicht genau."

"Ich meine, er hätte eine halbe Glatze gehabt. Wissen Sie, wir haben uns halt mehr auf uns konzentriert und über das Spiel gesprochen. Wir konnten ja nicht wissen, dass Sie uns jetzt nach so etwas fragen." Keiner der Angesprochenen hat sich den Mann, der die Bahn wieder verlassen hat, genauer angeschaut und kann auch nur eine annähernd verwertbare Beschreibung von ihm abgeben. Die Polizisten packen frustriert ihre Sachen zusammen.

"Wir müssen Sie trotzdem noch zur Aufnahme Ihrer Aussage auf das Revier bitten", sagt einer der vernehmenden Beamten und erntet allseitiges Murren. Zu seinem Kollegen meint er schulterzuckend:

"Es sieht ganz danach aus, als sei der Täter unerkannt entwischt."

HEIMLICHE LIEBE

Almut beugt sich über das Grab mit dem schlichten Holzkreuz. Sie entfernt die noch frisch aussehende Rose aus der Vase und ersetzt sie mit der, die sie eben im Blumengeschäft beim Friedhof gekauft hat. Dort gilt sie seit einigen Monaten als Stammkundin. Sie kommt täglich um die gleiche Zeit, ersteht immer ein weißes Öllicht und eine weiße Rose. Die Floristin hat mehrfach versucht, mit ihr ins Gespräch zu kommen. Aber Almut ist nicht gewillt, sich zu unterhalten. Sie nennt ihre bereits bekannten Wünsche, bezahlt, verabschiedet sich mit einem knappen: "Auf Wiedersehen! Bis morgen!", und verlässt den Laden.

Vier Monate sind es her. Almut beobachtete alles vom Fenster ihrer Wohnung im dritten Stock aus. Sehnsüchtig wartete sie darauf, dieses Geräusch zu vernehmen. Das Geräusch, das von der Straße herdrang und sie in einen berauschten Zustand versetzte. Sirengeräusch. Bebend lief sie zum Fenster, sah zu, wie Notarzt und Sanitäter ins Nachbarhaus eilten. Gespannt und mit Bangen verfolgte sie die Szenerie. Ihr Herz klopfte bis zum Hals und nahm ihr fast den Atem. Sie hielt ihre Erregung kaum aus, es dauerte viel zu lange. Dann, nach endlos erscheinender Zeit, kamen Arzt und Sanitäter wieder aus dem Haus. Kurz darauf fuhr der Leichenwagen vor. Ein tiefer Seufzer der Erleichterung entrang sich ihrer Brust.

Almut zog sich ihren leichten Sommermantel über, nahm ihre Handtasche, ohne die sie nie das Haus verließ und stieg bedächtig die geschwungene Holztreppe von ihrer Wohnung nach unten. Vor dem Haus gegenüber hatten sich einige Nachbarn versammelt und debattierten aufgeregt miteinander. Almut hielt sich dezent auf ihrer Straßenseite. Es fiel ihr schwer, aber sie fand es unter den gegebenen Umständen besser, sich nicht an diesem nachbarlichen Gerede zu beteiligen. Sie wusste ja, was passiert war.

Vor vier Jahren, kurz nachdem das Ehepaar Neubauer in das Haus auf der anderen Straßenseite eingezogen war, verliebte sie sich in den Nachbarn. Ihr ganzes Leben wartete sie vergeblich auf das große Glück und nun überfiel es sie mit solcher Wucht, dass sie kaum noch klar denken konnte. Sie war gerade zweiundsechzig geworden, als sie Werner Neubauer das erste Mal sah. Damals arbeitete sie noch als Verkäuferin in der Bäckerei. Sie schloss morgens den Laden auf, da stand er vor ihr und lächelte sie an. Ein warmes, freundliches Lächeln, wie sie es um diese Zeit von keinem ihrer Kunden gewohnt war.
"Einen schönen guten Morgen", begrüßte er sie mit

einer angenehmen, sonoren Stimme. Ihr Blick blieb wie gebannt an seinen Lippen hängen. Wie vom Blitzschlag getroffen, stand sie unbeweglich vor ihm.

"Darf man reinkommen?", fragte er. Sein Lächeln wirkte nun leicht amüsiert.

"En-entschuldigen Sie, gu-guten Morgen", erwiderte sie stotternd seinen Gruß. Verwirrt räumte sie den Weg und verschwand hinter der Theke. Er betrat das Geschäft und studierte das Angebot in der Auslage. Hinter ihm stürmten mehrere Jugendliche herein, die jeden Morgen ihr Schulfrühstück holten.

"Mein Gott, ist mir das peinlich", ging es ihr durch den Kopf, "ich muss ihn wohl richtig angestarrt haben. Hoffentlich bin ich nicht rot geworden." Sie hatte das Gefühl, dass ihre Wangen glühten. Ihr Herz pochte so wild, sie befürchtete, er könnte es hören. Vor Verlegenheit brachte sie keinen Ton heraus und schaute ihn nur fragend an, in der Hoffnung, er würde seine Wünsche schon äußern.

"Bedienen Sie ruhig erst die jungen Leute, ich habe es heute nicht eilig", entgegnete er ihrem fragenden Blick. Der Zoff unter den Jugendlichen, wer als erster dran sei und das Hin und Her, bis sie sich entschieden hatten, was sie wollten, brachten sie auf den Boden der Tatsachen zurück. Dann war sie mit dem fremden Mann alleine in der Bäckerei.

Sie hatte sich wieder etwas gefasst, brachte sogar

etwas Ähnliches wie ein Lächeln zustande, als sie ihn fragte:

"Und was darf es bei Ihnen sein, Herr ...?" Sie war gewohnt, die Kunden mit Namen anzusprechen. Das hatte sie auch bei den Schülern getan. Aber jetzt blieb das letzte Wort wie abgehackt in der Luft hängen.

"Neubauer", kam er ihr lachend zu Hilfe, "Werner Neubauer. Wir wohnen erst seit gestern hier in der Straße. Aber wenn Ihre Backwaren gut sind, werden Sie mich künftig jeden Morgen sehen".

"Das sind also die neuen Nachbarn, die gegenüber eingezogen sind", überschlugen sich ihre Gedanken.

"Croissants", bekam sie gerade noch mit. Das andere vorher hatte sie überhört.

"Verzeihen Sie, wie viele Croissants wollten Sie?"

"Zwei".

"Und was war das noch? Ich bin heute Morgen etwas durcheinander, kaum geschlafen", erklärte sie verlegen ihre mangelnde Konzentration.

"Ein Stangenweißbrot, ein kleines Mischbrot und zwei Kürbiskernbrötchen, bitte".

Almut packte alles in eine große Tüte, reichte sie ihm über die Theke, nahm das Geld, das er hinlegte und gab ihm das Restgeld in die entgegengestreckte Hand. Der Zauber, der sie bei der Berührung erfasste, wurde jäh durch die Türglocke beendet, welche die nächste Kundin ankündigte.

"Einen schönen Tag. Bis morgen", vernahm sie seine Worte wie von weit her. Dann entschwand er durch die aufgehaltene Tür.

"Wer war denn das?", wollte Frau Siebert wissen und vergaß vor lauter Neugier Almuts Gruß zu erwidern.

Von diesem Tag an stand Herr Neubauer jeden Morgen, wenn sie den Laden öffnete, zusammen mit anderen Leuten schon vor der Tür, begrüßte sie stets mit liebenswürdigen Worten und erstand Croissants und Frühstücksbrötchen für sich und seine Frau. Almut war sichtlich von ihm angetan. Sie hätte gern mehr mit ihm gesprochen, aber der frühe Ansturm in der Bäckerei ließ ihr dazu keine Gelegenheit. So fieberte sie dem Abend entgegen, wenn er von der Arbeit nach Hause kam und noch einen Spaziergang mit dem Hund, einem älteren Rauhaardackel, unternahm.

Sie, die abends sonst nie aus dem Haus gegangen war, entwickelte eine Leidenschaft für abendliche Touren und sorgte dafür, dass ihre Wege sich kreuzten. Aber es ergab sich zu Almuts Verdruss keine Unterhaltung. Es blieb immer bei belanglosen Worten über das Wetter und Cora, die Hündin. Sie wunderte sich, warum sie noch nie seine Frau gesehen hatte, wusste aber nicht, wie sie es anstellen sollte, ihn nach ihr zu fragen, ohne neugierig zu wirken. Dann kam ihr der Zufall zu Hilfe. Durch eine Unterhaltung zweier Kundinnen erfuhr sie, dass Frau Neubauer seit Jahren ernsthaft erkrankt war und das Haus nicht mehr alleine verlassen konnte.

"Ich habe ihn einfach gefragt, als wir beim Einkaufen hintereinander an der Kasse standen", hörte sie Frau Siebert zu Frau Lohmann sagen.

"Die hat irgend so eine unheilbare Krankheit, bei der die Muskeln immer schwächer werden", hat er gesagt.

Beim Zusammentreffen während des Abendspaziergangs nahm Almut ihren ganzen Mut zusammen und bot sich bereitwillig an, Neubauers Hund auszuführen, falls er mal keine Zeit hätte oder sich um ihn zu kümmern, wenn er mit seiner Frau mal für ein paar Tage verreisen wolle. Sie schlug ihm vor, ihn künftig am Abend zu begleiten, damit der Hund sich an sie gewöhnen könne. Herr Neubauer bedankte sich höflich für Almuts Angebot, belächelte jedoch insgeheim seine eigentümliche Nachbarin. Auf den nun gemeinsamen Wegen sog sie jedes Wort, jede Geste in sich auf und träumte, wenn sie wieder zu Hause war, sie wären ein Paar. Sie stellte beim Essen immer ein zweites Gedeck für Werner auf den Tisch und sprach mit ihm, als wäre er anwesend. Almut war überzeugt, dass Werner genauso für sie empfand wie sie für ihn. Natürlich war ihr klar, dass er sich seiner kranken Frau verpflichtet fühlte und sich nicht so ohne Weiteres von ihr trennen konnte. Sie schätzte seine respektvolle

Zurückhaltung ihr gegenüber als ehrenvoll, gleichzeitig verstärkte sich ihr Verlangen nach mehr Nähe.

"Ich muss leider meine Berufstätigkeit aus gesundheitlichen Gründen vorzeitig beenden", erzählte er ihr einige Zeit später bei einem der Spaziergänge mit Cora. Ohne weiter nachzufragen, schloss sie daraus, dass der Grund seine pflegebedürftige Frau war.

"So ein Zufall", erwiderte sie, innerlich frohlockend, "auch mein Arbeitsleben geht demnächst zu Ende. Die Altersgrenze habe ich bereits erreicht. Sie werden sich an ein anderes Gesicht gewöhnen müssen, wenn sie künftig morgens ihre Brötchen in der Bäckerei holen".

Gleich am nächsten Tag reichte sie den Rentenantrag und bei ihrem Arbeitgeber die Kündigung ein, um ihren Werner nun auch tagsüber beim 'Gassi gehen' begleiten zu können. Zu ihrer großen Enttäuschung starb kurz darauf der Hund. Es ergab sich nun nur noch selten Gelegenheit, den Angebeteten zu treffen. Almut wurde von Tag zu Tag unglücklicher. Oft saß sie stundenlang am Fenster und beobachtete das Haus gegenüber in der Hoffnung, wenigstens einen kurzen Blick auf Werner zu erhaschen. Sie hatte kaum noch Appetit, vergaß manchmal völlig, etwas zu essen.

"Irgendwann muss er doch mal aus dem Haus gehen, um einzukaufen oder den Müll rauszubringen", redete sie verzweifelt mit sich selbst.

Sobald sie ihn aus der Tür kommen sah, schlüpfte sie in Jacke oder Mantel, flog fast die Treppe nach unten und eilte ihm hinterher, um wenigstens ein paar Worte mit ihm wechseln zu können.

"Wie geht es ihrer Frau?", erkundigte sie sich stets teilnahmsvoll nach deren Befinden und äußerte ihr Bedauern über das schwere Schicksal.

"Wie glücklich kann sie sich schätzen, einen Mann an ihrer Seite zu haben, der sie so liebevoll umsorgt. Es ist durchaus nicht selbstverständlich, dass Ehemänner eine solche Belastung so geduldig ertragen wie Sie." Herr Neubauer bedankte sich jedes Mal höflich für die Anteilnahme, wurde aber im Gegensatz zu früher immer wortkarger.

Bei einem Besuch in der Apotheke, in die sie ihm bei einer solchen Gelegenheit gefolgt war, belauschte sie ein Gespräch, in dem sich Herr Neubauer leise mit dem Apotheker über ein neues, stärkeres Herzmedikament unterhielt, das erst bestellt werden musste. Almut entnahm dem Aufgeschnappten, dass es der Frau ziemlich schlecht ging. Sie kannte den Namen des Medikaments. Ihre Mutter, die am Anfang des Jahres gestorben war, hatte kurz vor ihrem Tod das Gleiche verordnet bekommen, allerdings in einer geringeren Stärke.

"Sie werden verstehen, dass ich mir große Sorgen um meine Frau mache", hörte sie Werner gerade sagen. "Und meine Augen werden auch immer schlechter. Die Beipackzettel kann ich kaum noch lesen. Ich müsste mir dringend einen Termin beim Augenarzt besorgen".

"Entschuldigen Sie, Herr Neubauer", mischte sie sich in den Dialog, "ich wurde eben unfreiwillig Zeuge ihrer Unterhaltung. Wir sind doch Nachbarn. Und Hilfsbereitschaft sollte in einer guten Nachbarschaft selbstverständlich sein. Ich muss heute Nachmittag ohnehin noch einmal etwas hier in der Nähe besorgen, da kann ich Ihr Medikament gerne abholen und Ihnen vorbeibringen, damit sie Ihre Frau nicht noch mal alleine lassen müssen". Zu ihrer großen Freude bestätigte sie der Apotheker und beglückwünschte Herrn Neubauer, zu seiner gutherzigen Nachbarin.

"Wenn Werners Frau so ein starkes Herzmedikament braucht, steht es wohl sehr schlecht um sie und im Zusammenhang mit ihrer Muskelerkrankung wird ihre Lebenserwartung vermutlich eingeschränkt sein", triumphierte Almut innerlich. Jetzt war absehbar, dass sie bald das Ziel ihrer Wünsche erreichen würde. Sie hatten nie darüber gesprochen, aber sie war sich sicher, wenn Werner erst frei war, würde er sich zu ihr und seiner Liebe bekennen. Sie fühlte sich wie im siebten Himmel. Natürlich würden sie sich etwas bedeckt halten müssen, bis eine angemessene Trauerzeit vorbei war. Aber heimlich würden sie sich schon nach der Beisetzung treffen können. Beschwingt trat sie den Rückweg an. Die Aussicht auf die zu erwartenden glücklichen Jahre würden ihr über die noch vor ihre liegende, trostlose Zeit hinweghelfen. Sie kaufte in dem kleinen französischen Laden eine Flasche Champagner und Zutaten für ein Festmahl zu zweit.

"Wir werden auf unsere glückliche Zukunft anstoßen", freute sie sich auf den Abend, den sie in ihrer Fantasie gemeinsam verbringen würden.

In den Stunden bis zur Abholung des Herzmedikaments überschlugen sich ihre Gedanken. Wie lange würde es noch dauern, bis sie den heimlich Geliebten endlich in ihre Arme schließen konnte? Das neue Medikament würde den Zustand der Frau vielleicht wieder stabilisieren. Werner und sie waren beide nicht mehr jung. Ihnen würde immer weniger Zeit für ihr gemeinsames Glück bleiben. Was konnte sie nur tun, um diesen unbefriedigenden Zustand zu beenden?

Plötzlich kam ihr eine Idee. Wenn Werners Frau statt des neuen Herzmedikaments etwas einnahm, das nur den Bruchteil der Wirkung hatte? Sie holte die Leiter, ging ins Schlafzimmer an den großen Kleiderschrank, stieg nach oben und zog einen Karton hervor. In ihm waren Medikamente ihrer Mutter, die sie aufbewahrt hatte. Eigentlich wollte sie die Sachen schon längst zu einer Organisation bringen, die Arzneimittel für Afrika sammelte.

Hektisch suchte sie nach der Schachtel, deren Name

sie in der Apotheke aufgeschnappt hatte. Die Packung war noch vollständig. Mit etwas Glück würde sich der Inhalt mit dem, den sie nachher aus der Apotheke holen und bei Neubauers abliefern wollte, austauschen lassen. Wie die neuen Tabletten aussahen, konnten weder Werner noch seine Frau wissen. Auf die Beschriftung der Rückseite der Folie achteten die wenigsten Leute und der Name stimmte ja. Zudem hatte Werner sich über seine Schwierigkeiten beim Lesen geäußert.

Mit heftig klopfendem Herzen gab sie später die kleine Tüte mit dem präparierten Inhalt im Nachbarhaus ab. Werner, der erschreckend blass aussah, bedankte sich knapp und schloss schnell die Tür.
"Bald hast Du es überstanden, mein Geliebter", flüsterte sie, während sie die Stufen zu ihrer Wohnung nach oben stieg. "Dann bist Du von Deiner Last befreit und Dich erwartet ein wundervoller Lebensabend."
Sie nahm das gute Geschirr aus der Vitrine im Wohnzimmer, deckte mit verträumtem Lächeln den Tisch für zwei Personen, dekorierte mit den aus dem Blumengeschäft am Marktplatz erstandenen, duftenden weißen Rosen und den silbernen Kerzenleuchtern und begab sich in die Küche, um aus den eingekauften Zutaten ein 'Verlobungsessen' zu bereiten.

Die folgenden Tage und Nächte verbrachte sie in

angespannter Erwartung. Sie wagte kaum, aus dem Haus zu gehen in der Befürchtung, sie könnte dadurch die entscheidende Situation verpassen. Sie schlief nachts im Wohnzimmer auf der Couch. Mehrfach in der Nacht stand sie auf, trat ans Fenster und spähte hinaus, ob auf der gegenüberliegenden Straßenseite etwas Außergewöhnliches zu entdecken sei. Dann endlich war es soweit.

In den Tagen, nachdem der Leichenwagen vor dem Nachbarhaus gestanden hatte, eilte Almut jeden Morgen im Morgenmantel nach unten an den Briefkasten, sie die sonst immer darauf achtete, ordentlich gekleidet zu sein. Sie konnte kaum erwarten die Tageszeitung zu holen, hoffend, in ihr die erlösende Nachricht zu finden. Seit dem Tod seiner Frau hatte sie Werner nicht mehr beim Verlassen des Gebäudes gesehen. Wie gerne hätte sie ihn besucht oder angerufen, aber sie musste sich zusammennehmen, durfte keinen Verdacht riskieren.

Gelegentlich hatte sie Bedenken, dass der Schwindel aufgeflogen sein könnte. Sie wachte nachts schweißgebadet auf, weil sie im Traum von der Polizei abgeholt und verhaftet worden war. Dann wieder versank sie in die Illusion, in Werners Armen zu liegen und sich bis zur Ekstase zu lieben. Mal stand sie im dunklen Zimmer und suchte verzückt, mit dem Opernglas vor Augen, die erleuchteten Fenster des Nachbarhauses nach dem Geliebten ab. Mal lag sie, Tränen überströmt und verzweifelt, stundenlang auf ihrem Bett, bis sie in einen erbarmenden Schlummer fiel.

"Wie lange dauert es denn noch, bis Werner die Nachricht endlich offiziell macht?", fragte sie sich jeden Tag von Neuem, wenn sie die Zeitung wieder ergebnislos zusammenknüllt zum Altpapier beförderte. Mit hastigen Fingern durchblätterte sie nun schon in der zweiten Woche die Samstagsausgabe nach den Todesanzeigen. Ihr stockte vor Aufregung fast der Atem. Mit flinkem Auge überflog sie die Nachnamen – Siebert, - Lauenstein, - Richter, - da! Endlich!

Ihr stockte der Atem. Das Blut schoss ihr in den Kopf und pochte in ihren Ohren. Ihr Herz begann wie wild zu rasen. Der Triumph in ihrem Blick wandelte sich in Fassungslosigkeit. Das konnte nicht sein! Das war ein Fehler! Ihre Augen füllten sich mit Tränen. Sie liefen die Wangen herab und tropften auf die Zeitung. Die Buchstaben in dem schwarz umrandeten Feld verschwammen vor ihrem Blick. Sie konnte kaum lesen, was dort stand:

Unser glücklicher gemeinsamer Lebensweg
ging viel zu früh zu Ende
Mein geliebter Mann erlag seinem schweren Herzleiden

Werner Neubauer

In Liebe:
Deine Klara

Die Trauerfeier und Urnenbeisetzung fand in aller Stille statt

ALBTRAUM

"Haallooo ..."

"Haaallooooo …".

Quälend drängte sich die Stimme in Noras Unterbewusstsein.

"Haaaaalloooooo!" Lauter jetzt, mit Nachdruck.

Nora wollte nicht aufwachen. Sie war sooo müde. Warum um alles in der Welt konnte man sie nicht schlafen lassen.

"Haaaaalloooooooo!" Der Ton nun wütend, aggressiv.

Mühsam hob Nora ihre Lider auf halbmast und blinzelte ein wenig durch die Wimpern. Niemand war an ihrem Bett zu sehen. Sie musste geträumt haben. Sofort versank sie wieder in ihren Dämmerzustand. Aber die Stimme ließ nicht locker. Eindringlich wiederholte sie immer wieder ihr Hallo, bis Nora schließlich unter Aufbringung all ihrer Kraft die Augen aufschlug und sich umsah. Sie befand sich nicht zuhause, sondern im Krankenhaus. Das Bett neben ihr war leer. Eine Frau, etwa in ihrem Alter, saß an dem kleinen Tisch und las in einer Zeitschrift.

Noch etwas benebelt im Kopf meldete sich ihr Gedächtnis zurück. Sie hatte eine Operation gehabt. Vermutlich waren ihre Müdigkeit und Halluzinationen Nachwirkungen der Narkose. Sie versuchte, sich im Bett aufzusetzen. Die Frau am Tisch wurde auf sie aufmerksam.

"Na, wieder wach?"

"Eigentlich bin ich noch total müde. Aber ich hatte so einen schrecklichen Traum, in dem dauernd jemand durchdringend 'Hallo' rief", kam es noch etwas schwerfällig aus Noras Mund, der sich wie ausgetrocknet anfühlte.

"Das war nicht geträumt", erklärte die andere Patientin, "das ist doch die alte Frau von dort drüben. Die schreit doch Tag und Nacht. Wahrscheinlich leidet sie an Demenz. Die Schwester hat gesagt, sie soll noch diese Woche auf die Gera, wie heißt das gleich wieder, verlegt werden".

"Geriatrie". Nora begann sich zu erinnern.

"Ja, jetzt fällt es mir wieder ein, Frau ... Entschuldigung, ich habe Ihren Namen vergessen."

"Baumann aus Bad Dürkheim". Trotz ihrer Bemühungen war ihre Pfälzer Herkunft nicht zu überhören. "Aber wir hatten uns gestern eigentlich schon auf Du geeinigt. Ich bin die Rita und Du heißt Nora, hast Du gesagt".

"Also gut, Rita. Irgendwie sind durch die Narkose wohl noch ein paar graue Zellen im Tiefschlaf." Nora lächelte etwas verlegen.

"Haaalloooo". Erneut ließ sich die penetrante Stimme vernehmen.

"Neunundneunzig ist sie, die Krischerin. Als ich kam, war sie noch hier auf der Station. Dann wurde sie auf die andere Seite drüben verlegt. Aber die hat ein Organ, das dringt durch die dickste Wand. Am schlimmsten ist es nachts."

Nora klappten die Augen zu. Ritas Erklärungen hatten sie angestrengt. Erneut versank sie in einen kurzen Schlummer, aus dem sie durch kurz aufeinander folgende Pieptöne wieder geweckt wurde. Rita war am Simsen. Schon vor der OP hatte sie das total genervt. Fast den ganzen Nachmittag hatte die Zimmerkollegin auf diese Weise Kontakt mit ihrer Stammtischrunde gepflegt. Es gab nur eine kurze Erholungspause, als Ritas Sohn zu Besuch kam und das Smartphone auf geräuschlos umstellte. Leider hatte die später ihren Mann gebeten, das wieder rückgängig zu machen.

Nora atmete hörbar genervt, aber Rita schien das nicht wahrzunehmen, geschweige denn auf sich zu beziehen.

"Hoffentlich kann ich bald alleine aufstehen und aus dem Zimmer gehen, damit ich mir wenigstens dieses Geräusch nicht dauernd anhören muss", dachte sie und drückte den roten Rufknopf, weil sich ihre Blase meldete. Es dauerte eine Weile, bis eine junge Frau kam, um sie zur Toilette zu führen. "Unsere Auszubildende", wusste Noras Nachbarin.

"Wissen Sie, warum die alte Frau immer so laut schreit?", versuchte Nora etwas von ihr zu erfahren. Aber sie zuckte nur mit den Schultern.

"Wir haben sie extra drüben ins letzte Zimmer gelegt, aber das hat wohl nicht viel gebracht", bemühte sie sich, die Situation zu entschuldigen, während sie Nora zurück zum Bett begleitete. "Ihr Kreislauf scheint wieder stabil zu sein. Das nächste Mal können Sie alleine zur Toilette gehen". Sie beeilte sich, die blauen Handschuhe abzustreifen, die Hände wieder zu desinfizieren und das Zimmer zu verlassen.

Nora holte ihre mitgebrachten Rätselhefte aus dem Nachttisch und vertiefte sich ins Ausfüllen von Sudokus. Die ersten Felder löste sie im Handumdrehen, die schwierigeren Varianten forderten ihre volle Konzentration. So abgelenkt bemerkte sie erst nach einer ganzen Weile, dass die Klick-Geräusche ihrer Nachbarin aufgehört hatten. Ein Blick zur Seite ließ sie feststellen, dass Rita ein Nickerchen hielt. Auch die Rufe der alten Frau waren nicht mehr zu vernehmen. Vielleicht war auch sie eingeschlafen.

"Die Gelegenheit sollte man nutzen", resümierte Nora, legte ihre Rätselaufgaben zur Seite, ließ das Kopfteil des Bettes per Knopfdruck in die Waagrechte zurückgleiten und war kurz darauf ebenfalls eingeschlummert.

"Schläft sie schon lange?" Eine bekannte Stimme drang in Noras Unterbewusstsein.

"Ich hab 's nicht mitbekommen, ich habe selbst ein bisschen gedöst. Hier drin wird man ja so schläfrig." Nora riss die Augen auf.

"Oh, Ihr seid schon da? Wie spät ist es denn?" Sie setzte sich auf und begrüßte ihre Besucher.

"Na, alles gut überstanden?", erkundigte sich ihr Bruder und gab ihr einen Kuss auf die Stirn.

"Es sieht so aus. Die Gesichtsnerven scheinen jedenfalls nicht verletzt zu sein." Sie schnitt zum Beweis ein paar Grimassen. "Das Ergebnis der Untersuchung steht natürlich noch aus."

"Einen ziemlich großen Verband hast Du da seitlich am Hals", bemerkte ihre Schwägerin besorgt, "ist das so ein langer Schnitt?"

"Ohrspeicheldrüse, davon habe ich vorher noch nie etwas gehört", sinnierte ihr Bruder. "Hast Du Schmerzen?"

"Bis jetzt geht es. Die Narkose wirkt wohl noch etwas nach. Das Liegen macht mir im Moment mehr Probleme, weil ich die Restless-Legs-Tabletten absetzen musste. Ich bin schon ganz kribbelig und froh, wenn ich mich endlich wieder bewegen und draußen auf dem Flur ein bisschen hin und her laufen kann". Sie rollte die Augen mit einem deutlichen Zeichen in Richtung ihrer Nachbarin.

"Haaalloooo", ertönte es in diesem Moment aus der Ferne. "Haaalloooo".

"Wer ist denn das?", kam es synchron von ihren Besuchern.

"Das ist unsre Neunundneunzigjährige", ließ sich Rita von nebenan vernehmen. Endlich konnte sie sich in das Gespräch einklinken.

"Die ruft schon, seit ich hier drin bin. Und das ist schon eine ganze Woche. Am schlimmsten ist es nachts, wenn man gern schlafen würde. Ich habe die Schwester schon gefragt, warum sie ihr nichts geben. Aber die können sie halt auch nicht dauernd ruhigstellen. Und es kann auch nicht ständig jemand nach ihr schauen. Die haben ja schließlich auch noch anderes zu tun. Erst war sie auf dieser Seite gelegen. Dann wurde sie auf die andere Station gebracht. Aber sie schreit so laut, dass man es bis hier drüben hört."

"Hiiiilfe, Hiiiiilfeee", ertönte es in diesem Moment erneut.

"Heute Nacht habe ich gehört, wie ihr die Nachtschwester mal ordentlich die Meinung gesagt hat. Aber vielleicht bekommt sie das gar nicht mehr mit. 'Sie können nicht die ganze Nacht hier rumbrüllen', hat sie sie angefaucht, 'Sie sind doch nicht alleine hier'. Danach war es dann für den Rest der Nacht still. Vielleicht hat sie ihr eine Spritze verpasst. Es ist halt schlimm, wenn man so alt wird." Damit wandte sich Rita wieder ihrem Fernseher zu.

"Kommt, wir drehen draußen mal eine Runde". Nora schwang entschlossen ihre Beine aus dem Bett. Im Flur setzten sie ihre Unterhaltung in gedämpftem Ton fort, begleitet von den sich wiederholenden Hallo- und Hilferufen der alten Frau. Als sie am Stationszimmer vorbeikamen, hörten sie durch die nur angelehnte Tür eine flüsternde Stimme.

"Ich geh jetzt nicht noch mal nach hinten, sonst kann ich für nichts garantieren."

"Ich kann ihr erst nachher beim Essen wieder was geben", war die geseufzte Antwort.

"Man braucht sich wirklich nicht zu wundern, wenn den Schwestern mal der Geduldsfaden reißt und sie dann zu drastischeren Mitteln greifen ..." überlegte Noras Schwägerin halblaut im Weitergehen und zog die Augenbrauen hoch. "Mir reicht es jetzt schon. Du tust mir echt leid, Nora!". Als das Abendessen gebracht wurde, verabschiedeten sich beide und Nora begab sich wieder ins Zimmer. Ritas Mann kam und berichtete ihr die Neuigkeiten aus dem Kegelklub. Nora aß mit wenig Appetit und vertiefte sich danach in ihre mitgebrachte Lektüre. Von der alten Frau war nichts mehr zu hören.

Nach dem Essen bewegte sich Nora noch einmal auf dem Flur. Sie betrachtete interessiert die an den Wänden ausgestellten Gemälde, die auch zum Verkauf angeboten wurden.

"Eine gute Idee", überlegte sie. Hier hat man Zeit, sich die Werke in aller Ruhe zu betrachten und gleichzeitig geben sie den trostlosen Krankenhauswänden etwas Erfreuliches". Vor einem Bild, ziemlich am Ende des Flurs, blieb sie etwas länger stehen. Es gefiel ihr besonders gut. Sie fuhr regelrecht zusammen als unvermittelt, aus der offenen

Zimmertür ein paar Schritte weiter, wieder ein Hilferuf erschallte. Verstört wandte sie sich ab und floh in ihr Zimmer.

"Ach du liebe Zeit, was ist Dir denn über den Weg gelaufen? Du zitterst ja am ganzen Leib", ließ sich Rita vernehmen, als Nora sich schwer atmend aufs Bett fallen ließ. Sie vergrub sich ohne Antwort zu geben unter ihr Kissen, um die Rufe der alten Frau und die Fernsehgeräusche ihrer Mitpatientin wenigstens nur noch gedämpft wahrzunehmen. Irgendwann schlummerte sie ein. Draußen war es längst dunkel, als jemand das Kissen von ihrem Gesicht hob.

"Das ist nicht ungefährlich", flüsterte der Pfleger vom Nachtdienst. "Brauchen Sie noch was für die Nacht?"

"Wann kann ich meine Restless-Legs-Medikamente wieder nehmen?", entgegnete Nora.

"Heute noch nicht, aber ich kann Ihnen etwas zum Schlafen geben."

"Danke, das hilft aber nicht gegen meine Zappelbeine", resignierte Nora.

Eine halbe Stunde später schob sie sich aus dem Bett und begann erneut, Runden im Flur zu drehen. Zu dem Zimmer der alten Frau, aus dem wieder die Hallo- und Hilferufe zu vernehmen waren, nun allerdings in gedämpfter Lautstärke, hielt sie einen gewissen Abstand. Sonst war es still auf der Station. Nach einer Weile stellte sie beim sich Nähern fest, dass auch die Rufe nicht mehr zu hören waren. Stattdessen drang nun leises Summen aus dem Zimmer. Nora blieb stehen und lauschte.

"Guten Abend, gute Nacht ...", das Lied, das ihre Großmutter ihr oft vorgesungen hatte, wenn sie als Kind nicht einschlafen konnte. Unwillkürlich zog es sie zu der einen Spalt breit offenen Zimmertür.

"Wie schön", dachte sie, nun hat doch jemand eine Lösung für die alte Frau gefunden. Ihr wurde ganz warm ums Herz. Unbewusst schob sie die Tür ein wenig weiter nach innen.

"Schlaf nun selig und süß …", hörte sie die verhaltene Stimme des Pflegers. Er stand neben dem Bett mit dem Rücken zur Tür und hantierte mit einer Spritze an der Infusion. "… gleich bis ins Paradies".

"Das ist doch falsch!" Nora stutzte. Im selben Moment brach der Gesang ab, der Pfleger drehte sich abrupt um. Sein Gesichtsausdruck hatte etwas Gespenstiges. Nora erstarrte. Mit schnellen Schritten war er bei ihr und zog rasch die Tür hinter sich zu.

"Was machen Sie da? Stehen Sie schon lange hier?" Seine halblaut hervorgestoßenen Fragen flößten ihr Furcht ein.

"Ich, ich kann nicht mehr liegen ... meine Beine zappeln dauernd ..., und ich ..., das Lied ..., meine Großmutter hat es immer gesungen", stotterte Nora. Sie war unfähig, sich von der Stelle zu bewegen.

"Kommen Sie mit!" Seine Stimme klang in ihren Ohren bedrohlich. "Ich gebe Ihnen etwas, damit Sie schlafen können".

"Warum war er so ungehalten, als er mich sah?",
überlegte sie ängstlich, mühsam mit ihm Schritt
haltend. "Habe ich ihn bei etwas überrascht, das
nicht in Ordnung war? Was hat er mit der alten Frau
gemacht? Bin ich am Ende unfreiwillig Zeuge
geworden von …?" Sie wagte nicht, den Satz zu Ende zu denken. Mit einem Mal wurde ihr die mögliche Tragweite ihrer nächtlichen Wanderschaft
bewusst. Ihr liefen eisige Schauer über den Rücken.
"Was wird er mir geben? Etwas, um mich auch
mundtot zu machen?" Inzwischen hatten sie das
Stationszimmer erreicht.
"Und, alles klar?", vernahm sie die erwartungsvolle
Frage, nachdem der Pfleger durch die nur halb ge-
öffnete Tür nach drinnen geeilt war.
"Später". Der Ton war eindeutig, ließ keine weitere
Nachforschung zu. "Die Patientin hier braucht etwas zur Beruhigung, weil sie ihre Medikamente
absetzen musste. Kannst Du das machen? Ich muss
jetzt erst mal eine rauchen". Damit verschwand er.

"Kommen Sie rein!", forderte die Nachtschwester
sie auf. Sie füllte ein Glas mit Wasser und tropfte
eine klare Flüssigkeit hinein. "Hier trinken Sie, das
hilft!" Das Gemisch schmeckte bitter. "Leertrin-
ken!", kam es wie ein Befehl, als Nora das Glas
absetzen wollte. "Sonst nutzt es nichts". Nora blieb
keine Wahl. Sie lag kaum im Bett, als ihr bereits die
Augen zufielen. Sie träumte von dem Pfleger und
der Nachtschwester, die beide an ihrem Bett stan-

den. Ihre Arme und Beine waren fixiert. Der Pfleger sang ihr immer wieder das Lied vor, während die Schwester ihr eine Infusion anlegte. Verzweifelt versuchte sie, sich im Traum gegen das Einschlafen zu wehren.

"Hallo, aufwachen!" Jemand rüttelte sanft an ihrer Schulter. "Sie werden verlegt", sagte die freundliche Stimme der Praktikantin.
"Verlegt? Wieso?" Nora kam nur langsam zu sich.
"Sie dürfen umziehen ins Patientenhaus. Dort haben Sie ein Einzelzimmer. Das ist angenehmer für Sie. Ich erkläre Ihnen alles. Am besten Sie gehen jetzt gleich ins Bad und packen dann Ihre Sachen zusammen. Ich komme nach dem Frühstück und bringe sie dorthin".

"Guten Morgen", begrüßte sie ihre Bettnachbarin. "Was hast Du denn heute Nacht angestellt? Du hast gejammert und gefuchtelt, als wollte Dir jemand an den Kragen".
"Das müssen die Tropfen gewesen sein, die ich von der Schwester bekommen habe." Nora bewegte sich noch ziemlich benommen Richtung Bad. Sie konnte sich an nichts erinnern.
"Dann hast Du gar nichts mitbekommen?"
"Was nicht mitbekommen?" Nora war wenig begeistert über die Mitteilungsfreudigkeit von Rita und öffnete, ohne sich umzudrehen, die Badtür.

"Jetzt herrscht wieder Ruhe auf der Station. Die Alte von dort hinten haben sie gegen morgen abtransportiert". Nora blieb abrupt stehen und schaute zu Rita.

"In die Geriatrie?"

"Nee, nee. Die braucht keine Gera, ach du weißt schon, also die braucht sie nicht mehr. Die hat jetzt ihren Frieden." Sie machte eine bedeutungsvolle Pause. "Und wir auch!" - "Und vor allen Dingen das Personal!" Nora spürte, wie ihr Hals eng wurde. Blitzartig war die Erinnerung zurückgekehrt. Mit weichen Knien schaffte sie es gerade noch, sich auf der Toilette niederzulassen. Ihr Kopf wurde von Schwindel erfasst, in ihren Ohren dröhnte es: "Schlaf nun selig und süß, gleich bis ins Paradies, bis ins Paradies, ins Paradies ..."

ZUR KRIPPE HER KOMMET

Die Hoffnung auf eine weiße Weihnacht hatte sich wieder einmal nicht erfüllt. Seit Tagen versprach der Wetterbericht kommenden Schneefall, es war auch kalt genug, aber vom blassblauen Himmel strahlte eine unbeirrbare Wintersonne. Am zweiten Weihnachtsfeiertag zog es daher, wie jedes Jahr, viele Menschen zum traditionellen Weihnachts-liedersingen in den Stadtpark, zur Krippe mit leben-den Tieren. Auch Anika hatte sich, wie üblich, dorthin begeben. Singen war eines ihrer Hobbys. Auch das gemeinsame Singen von Weihnachts-liedern, auf das sie sich schon während der gesam-ten Adventszeit freute. Obwohl die ersten Töne be-reits erklangen, ließ sie noch schnell die Eintritts-karte für das folgende Jahr verlängern.

"Dann brauche ich mich am sechsten Januar nicht mehr in die Schlange stellen, wenn ich zum Drei-königsumzug mit den Kamelen komme. Ich kann dann gleich durchgehen und Fotos machen", sagte sie der Dame an der Kasse und deutete auf ihre Fototasche. Fotografieren war ihr zweites Hobby.

Die Bläser der Musikgruppe gaben sich, trotz der Kälte, die ihnen die Lippen fast am Mundstück an-frieren ließ, alle Mühe, ihr gesamtes Repertoire an bekannten Weihnachtsmelodien zu spielen. Das anwesende Publikum sang nach Kräften mit. "Schnee-flöckchen, Weißröckchen, wann kommst du ge-schneit?", tönte es gerade aus den Instrumenten und aus schätzungsweise rund hundert Kehlen, als sich eine Wolkenfront aus Richtung Westen vor die Sonne schob. Sofort wurde es merklich kühler und gleich darauf schwebten erste zarte Flöckchen auf durch Hüte, Mützen oder Kapuzen beschützte Häupter.

Die rotbackigen Kinder merkten es zuerst, zupften aufgeregt die Erwachsenen am Mantel oder Anorak und deuteten mit glänzenden Augen nach oben.

"Es schneit!", vernahm man ringsum mehr oder we-niger geflüsterte Kinderstimmen aus verzauberten Gesichtern. Die Kapelle spielte unbeirrt weiter, während sich nach und nach auf Köpfen, Instru-menten und auf dem Boden eine weiche, weiße Schicht ablagerte. Nach zwei Stunden Durchhalten wurden die Sänger und Musiker dafür mit einem kräftigen Applaus belohnt. Durch das lange Stehen bei den niedrigen Temperaturen war den meisten Leuten kalt geworden. Viele eilten deshalb gleich zum Ausgang, nachdem der letzte Ton verklungen war. Andere gönnten sich noch einen Glühwein an dem hinter der Krippe aufgebauten Getränkestand. Auch Anika beschloss, sich zumindest von innen her etwas aufzuwärmen. Der Park lag inzwischen unter einer dünnen, geschlossenen Schneedecke.

"Ich bleibe noch hier", überlegte sie, während sie ihren Becher lehrte. Die Leute hinter der improvisierten Theke räumten bereits Geschirr und Getränke zusammen. Das Gedränge um den Glühweinstand hatte sich durch den anhaltenden Schneefall ziemlich rasch gelichtet.

"Wann hat man in einer Großstadt schon einmal Gelegenheit, frisch gefallenen, jungfräulich unberührten Schnee zu fotografieren?", freute sie sich. Zielstrebig bewegte sie sich auf verschneiten Wegen ins Innere des Parks. Außer ihr schien niemand mehr diese Richtung gewählt zu haben. Kein Schuhabdruck war weit und breit zu sehen, nur Tierspuren. Anika war total fasziniert. Sie hatte ihre Handschuhe ausgezogen, damit sie die Kamera besser handhaben konnte. Ihre Hände waren inzwischen eiskalt und ihre Finger wurden langsam steif, aber sie war völlig vertieft in das Festhalten der Schneehäubchen auf Pflanzen und der Fußspuren von Vögeln und Eichhörnchen.

Gelegentlich blickte sie sich suchend um, wenn sie glaubte, ein Geräusch vernommen zu haben. Aber es war niemand zu sehen. Nur ein paar Krähen hüpften, auf der Suche nach Futter, krächzend durch den Schnee. Sie konnte kaum glauben, dass sie die Einzige sein sollte, die die Chance für eindrucksvolle Winterfotos wahrgenommen hatte. Über den zugefrorenen Weiher spazierte gerade eine Kompanie Wasservögel, die dem Schild 'Betreten der Eisfläche verboten' keine Beachtung schenkte. Im schwächer werdenden Licht ergab das bläulich schim-

mernde Eis eine besondere fotografische Stimmung.

Anika hatte in ihrem Eifer nicht darauf geachtet,
dass es um sie herum zu dämmern begann. Es wurde
schwieriger, die richtige Belichtung zu finden. Sie
beschloss, den Weg zum nächsten Ausgang zu nehmen und lieber außerhalb zur Bushaltestelle zu laufen. Sie war zwar kein ängstlicher Typ, aber so ganz
geheuer war ihr nicht bei dem Gedanken, durch den
Park zurückzugehen. Sie packte die Kamera in die
Fototasche und marschierte zügig Richtung Wellen-
brunnen. Bei der sich anschließenden Treppe musste sie höllisch aufpassen. Die Stufen waren durch
die weiße Pulverschicht schwer zu erkennen und
vor allen Dingen ziemlich glatt. Durch den überraschend eingesetzten Schneefall war noch kein
Streugut verteilt worden. Einmal rutschte sie gefährlich aus und konnte sich nur noch im letzten
Moment, an dem ebenfalls mit einer Schneehaube
bedeckten und entsprechend eiskalten Geländer, ab-
fangen.

Als sie oben auf den Weg kam, den sie überqueren
musste um das Drehkreuz am Ausgang zu erreichen, entdeckte sie von der Laterne beleuchtete
Fußspuren. Der Größe nach waren es eindeutig
männliche Spuren. Offensichtlich hatte also außer
ihr doch noch jemand anderes die Idee gehabt, sich
länger im Park aufzuhalten. Die Spuren waren noch
nicht von dem weiterhin kräftig fallenden Schnee
zugedeckt worden. Anika schaute sich um, konnte

aber niemand entdecken. Sie lief ein paar Schritte weiter, dann kam ihr eine Idee. Sie packte die Kamera noch einmal aus, steckte den Objektivdeckel kurzerhand zu ihrem Handschuh in die rechte Anoraktasche, drehte sich um und fotografierte das Fußspurenkreuz. Vielleicht konnte sie es einmal für ein Gedicht oder eine Geschichte verwenden. Schreiben war ihr drittes Hobby und sie liebte es, ihre Texte mit passenden Fotos zu kombinieren. Am liebsten verfasste sie kurze Krimistorys. Während sie den Fotoapparat wieder in der Fototasche verstaute, fielen ihr bereits einige Textpassagen ein. Ihre Fantasie sprudelte gerade so.

"Wenn ich zuhause bin, werde ich es mir bei einer Tasse Tee und dem restlichen Weihnachtsgebäck gemütlich machen und meine Einfälle gleich schriftlich festhalten", beschloss sie gut gelaunt. Es waren nur noch ein paar Meter bis zum Ausgang.

Mit einem Mal fröstelte sie. Lag es an den gruseligen Gedanken, die ihrer dichterischen Vorstellungskraft entsprangen und sich in ihrem Kopf breitmachten? Sie zog die Schultern in die Höhe. Jetzt erst bemerkte sie, wie klamm ihre Finger waren. Sie nestelte ihre Handschuhe aus den Taschen, um ihre Hände wieder aufzuwärmen.

"Mist!", schalt sie, als der Kameradeckel in den Schnee fiel. Sie hatte vergessen, ihn wieder aufs Objektiv zu stecken. Hinter ihr knackte es im Gebüsch. Ihr wurde zunehmend unheimlich zumute.

Sie bückte sich rasch, um mit der rechten Hand im Schnee nach dem Deckel zu fischen. Mit der Linken musste sie die Fototasche festhalten, die von der Schulter zu rutschen und ebenfalls im Schnee zu landen drohte. In diesem Moment tauchte neben ihrer bloßen rechten Hand eine schwarze, Leder behandschuhte, auf. Sie erschrak, aber ihr Schrei blieb ihr im Hals stecken. Eine zweite "Leder"-Hand legte sich von hinten auf den geöffneten Mund. Ledergeruch drang in ihre Nase. Sie versuchte, die Hand wegzureißen. Durch die ruckartige Bewegung in der noch gebückten Haltung geriet sie ins Schwanken und verlor das Gleichgewicht. Gleich darauf lag sie in ihrer ganzen Länge bäuchlings im Schnee. Neben ihr die Fototasche, welche sie im Fallen losgelassen hatte. Verzweifelt versuchte sie, sich wieder aufzurappeln, aber ihr Widersacher ließ ihr dazu keine Gelegenheit. Seine Hand an ihrem Hinterkopf drückte ihr Gesicht in das weiße Pulver. Sie schluckte Schnee und bekam einen Hustenanfall. Sie zappelte und wand sich, versuchte, den Kopf zu drehen, um wenigstens atmen zu können, aber der Druck blieb gleichmäßig und konsequent. Wie sehr sie sich auch bemühte, es war ihr unmöglich, sich zu befreien. Wirre Gedanken schossen ihr durch den panischen Kopf.

"Dauert es lang, bis man im Schnee erstickt?"

"Wird er mich hier liegen lassen?"

"Oh Gott, wenn mich Kinder finden!"

"Ob die Kamera das übersteht?"

"Hat er mich schon die ganze Zeit beobachtet?"
"War er vielleicht schon beim Singen dabei?"
"Was wird aus meinem letzten Foto?"
"Wie makaber!" Je mehr sie sich zu wehren versuchte, umso mehr Schnee drang in Nase und Mund. Die Kälte verursachte höllische Schmerzen in ihrer Lunge. Ihr Herz pochte wild. Sie rang nach Luft. Ihr Kopf drohte zu platzen. Satzfetzen der gerade noch ausgedachten Texte zogen wie zerstückelte Filmstreifen an ihrem inneren Auge vorbei. Situationen aus ihren Krimis zuckten wie Blitze durch ihr Hirn und verblassten vor der Realität.
"Dieser Geruch. Der Geruch der schwarzen Lederhandschuhe", war ihr letzter Gedanke. Dann erstarb ihr Widerstand. Ihre Arme sanken kraftlos in den Schnee.

Die ganze Nacht schneite es ununterbrochen heftig weiter. Am nächsten Morgen lag das gesamte Gebiet unter einer dicken Schneedecke. Die weiße Pracht lockte gleich nach Öffnung viele Familien mit Kindern in den Park. Auch einige Fotografen waren unterwegs, um früh morgens winterliche Fotos zu machen. Es war bereits Mittag, als einer der Spaziergänger dem Ausgang zustrebte. Irritiert blickte er zu dem seltsamen Schneehügel, der sich in einiger Entfernung mitten auf dem Weg erhob. Beim Näherkommen riss er vor Entsetzen Mund und Augen auf. Der herbeigerufene Arzt konnte nur noch den Tod feststellen.

Anhand der Jahreskarte, die man in der Innentasche des Anoraks fand, konnte die Polizei ermitteln, um wen es sich bei der Toten handelte. Ein Zeugenaufruf ergab schließlich, dass die Frau beim Weihnachtsliedersingen gesehen wurde, auch dass sie dort fotografiert hatte. Die Fotoausrüstung sowie weitere persönliche Gegenstände blieben jedoch verschwunden. Bei der Spurensuche fand man lediglich den Objektivdeckel unter dem Schnee. Die Spuren des Täters dagegen hatte der nächtliche Schneefall ausgelöscht.

FUNDSACHE

"Verdammt! Schon wieder so spät!" Ina, eine junge Frau Mitte zwanzig, schaute verärgert auf ihre Armbanduhr. Eigentlich wäre ihre Schicht auf der Krankenstation um 21:15 Uhr zu Ende gewesen. Inzwischen war es kurz vor zehn. Ausgerechnet heute. Sie hatte sich so auf den Feierabend gefreut. Für 22:00 Uhr war sie mit ihren Freundinnen verabredet. Sie wollten mal wieder zusammen ins Kino, in den Spätfilm, gehen. Aber bis sie jetzt nach Hause kam, waren die längst losgefahren. Die Übergabe auf der Station hatte sich wieder endlos in die Länge gezogen. Wie immer, wenn die Oberschwester mit dem Nachtdienst an der Reihe war.

"Blöde Kuh!", schimpfte Ina vor sich hin. "Die ist ja nicht auf die Öffentlichen angewiesen. Nur weil sie wegen des Nachtdienstes gefrustet ist, gönnt sie uns den pünktlichen Feierabend nicht. Dabei weiß sie genau, dass um diese Zeit die Bahn nicht mehr so oft fährt."

Sie spurtete aus dem Seiteneingang der Klinik zur Haltestelle.

"Hoffentlich schaffe ich wenigstens die direkte Linie zum Hauptbahnhof noch. Wenn ich die verpasse, ist mein Anschluss weg. Dann kann ich dort noch mal eine halbe Stunde rumhocken, bis der nächste Zug in meine Richtung fährt".

Der Wagen traf im gleichen Moment an der Haltestelle ein, als sie um die Ecke bog. Sie missachtete die rote Ampel, rannte über die Straße und konnte gerade noch den Fuß zwischen die letzte, sich gerade schließende, Tür quetschen. Völlig außer Atem ließ sie sich ganz hinten auf den Sitz am Tisch fallen. Normalerweise stieg sie nach dem Spätdienst immer vorne ein. Sie fühlte sich sicherer, wenn sie in der Nähe des Fahrers saß. Aber jetzt war hinten alles leer. Und sie war zu erschöpft, um nach vorne zu gehen. Außerdem war es vorne ziemlich lebhaft, weil eine größere Gruppe von Leuten im fortgeschrittenen Alter, die sich lauthals unterhielt, fast den ganzen vorderen Wagenteil belegte. Das konnte sie nach dem hektischen Arbeitstag gar nicht gebrauchen.

"Wenn ich nach Hause komme, lege ich mich erst einmal eine Stunde zum Entspannen in die Wanne", beschoss sie. Der Dienst an diesem Tag war besonders anstrengend gewesen. Zwei neue Patienten, zwei Frischoperierte, dazu der eine, der ihr schon die ganze Zeit auf die Nerven ging, weil er meinte, Anrecht auf ihre persönliche Betreuung zu haben. Sie war so müde und döste leicht vor sich hin, dass sie gar nicht merkte, wie weit sie bereits gefahren war. Auf die Durchsage der Stationen hatte sie ebenfalls nicht geachtet. Als die Bahn anhielt, schaute sie deshalb kurz hoch, um sich zu orientieren, wo sie war. Die hintere Tür begann sich gerade wieder zu schließen, als sich jemand, wie sie vorher, noch hineindrängte. Die beiden Türhälften schoben sich wieder auseinander, und fünf junge Männer strömten herein. Sie schauten sich kurz um, einer entdeckte Ina und steuerte direkt auf sie zu. In seiner Hand hielt er eine Flasche. Aus seinen Ohren hingen silbrig schimmernde Kabel. Der dröhnende Bass war nicht zu überhören.

"Das hat mir gerade noch gefehlt!", seufzte Ina. "Zum Glück sind es nur noch zwei Haltestellen bis zum Bahnhof."

"Hey Schöne, so alleine unterwegs?", quatschte sie der Typ beim Näherkommen an. Er machte Anstalten, sich neben sie zu setzen. Ina erhob sich schnell und versuchte, sich an ihm vorbeizuschlängeln.

"Lass mich durch, ich muss gleich aussteigen".

"Keine Panik, ich lass Dich schon rechtzeitig raus", bemerkte der Typ, ließ sich neben ihr auf den Sitz fallen und legte gleich unverschämt den Arm um sie. Ina schob energisch den Arm von ihrer Schulter und versuchte noch einmal, aufzustehen.

"Lass mich in Ruhe, ich bin müde!" Ihr Nebenmann drückte sie zurück auf den Sitz.

"Hört, hört! Müde ist die Puppe. Soll ich Dich ins Bettchen bringen? Aber vorher machen wir noch einen kleinen Abstecher ins Nachtleben". Er nahm einen kräftigen Schluck aus seiner schon halb leeren Wodkaflasche. Ina versuchte verzweifelt, sich aus der Umklammerung zu lösen, wendete ihren Blick hilfesuchend an seine Begleiter. Die vier nahmen am Nebentisch Platz.

"Mensch Max, lass sie in Ruhe! Du siehst doch, dass sie nicht will", meldete sich einer von ihnen. Die anderen lachten und setzten ihre Bierflaschen an.

"Die tut nur so, Daniel", gab Max zurück und zu Ina gewandt: "Komm, mach Dich locker, Schwester!" Er hielt ihr die Wodkaflasche vor den Mund. "Trink was, das hilft". Ina drehte angeekelt den Kopf zur Seite.

"Nächste Haltestelle: Hauptbahnhof", kam die Durchsage aus dem Lautsprecher.

"Lass mich durch, ich muss raus!", forderte Ina jetzt wütend, versuchte erneut, sich aufzurichten, und an ihrem Nebenmann vorbeizudrücken. Die vier am Nachbartisch erhoben sich ebenfalls und bewegten sich Richtung Ausgang.

"Hey, wir sind da", meinte Daniel im Weitergehen zu Max. Ina schaute hoffnungsvoll zu ihm hoch.

"Sag Deinem Kumpel, dass er mich durchlassen soll!", forderte sie ihn auf. Aber der zuckte nur mit den Schultern und lief zum Ausgang.

"Geht schon mal vor, ich dreh' noch eine Runde mit der Schönen", rief Max mit schwerer Zunge hinterher.

"Bist Du bescheuert? Ich muss hier raus!" Inas Stimme war nun schneidend. Max verstärkte den Druck seiner Umarmung. Gleichzeitig näherte sich sein übel nach Alkohol riechender Mund Inas Lippen. Ihr wurde flau im Magen. Sie wandte sich angewidert ab.

"Der Blödmann", hörte Ina Daniel an der Tür sagen. "Immer muss er unterwegs die Weiber anquatschen. Dort gibts doch genug Hasen". Mit Lautstärke versuchte sie nun, andere Mitfahrer auf sich aufmerksam zu machen.

"Lass mich los, Du Idiot!", kreischte sie. Einige Fahrgäste im mittleren Wagenteil schauten kurz nach hinten, schüttelten dann abfällig den Kopf und drehten sich wieder um.

"Typisch! Nur nicht eingreifen. Am besten sich aus allem raushalten", ärgerte sie sich wütend und niedergeschlagen. Die vier verließen die Bahn, ohne sich weiter um Max oder sie zu kümmern. Auch die Seniorengruppe strebte nach draußen. Mehrere Leute stiegen ein, suchten jedoch alle die im vorderen Teil des Wagens frei gewordenen Plätze auf. Nur ein Paar mittleren Alters bewegte sich auf die hinteren Sitzreihen zu. Ina nahm einen neuen Anlauf, versuchte sich aus dem Griff von Max zu befreien.

"Lass mich sofort los!", herrschte sie Max an und zu dem Paar gewandt: "Bitte helfen Sie mir!" Max grinste, prostete dem Paar mit der Wodkaflasche zu und nahm einen tiefen Zug.

Mit der auf Inas Schulter liegenden Hand drehte er unerbittlich ihren Kopf zu sich und verschloss ihr trotz heftiger Gegenwehr mit einem Kuss den Mund. Das Paar schaute missbilligend, die Frau flüsterte dem Mann etwas zu. Dann drehten sie sich um und suchten sich ebenfalls weiter vorne einen Platz. Inas Augen füllten sich mit Tränen.

Max lockerte etwas seinen Griff und schaute Ina ins Gesicht.

"Aber nicht doch, was sollen die Tränen? Willst Du mal geile Musik hören? Das muntert Dich wieder auf". Er nahm den linken Ohrhörer und steckte ihn Ina ins Ohr. Gleichzeitig drehte er die Lautstärke noch weiter hoch und wippte mit dem Kopf im Takt der Bässe. Die Musik dröhnte aufpeitschend in Inas Gehörgang.

"Spinnst Du?" Ina riss sich den Stöpsel aus dem Ohr und wollte Max eine Ohrfeige verpassen. Blitz-schnell packte er sie am Handgelenk. Inzwischen hatte die Bahn die Innenstadt verlassen und bewegte sich auf ihrer Rundfahrtstrecke durch die umliegen-den kleineren Ortschaften. Die Abstände zwischen den einzelnen Haltestellen waren nun länger. An manchen Stationen hielt der Zug gar nicht an, weil niemand aus- oder einsteigen wollte. Ohnehin hatte sich der Wagen nach und nach geleert, da niemand mehr zugestiegen war. An der folgenden Haltestelle verließen die letzten verbliebenen Fahrgäste die Bahn. Max und Ina bleiben als Einzige zurück. Sie befanden sich jetzt im Industriegebiet. Noch drei Stationen bis zur Haltestelle im nächsten Ort. In ihm endete um diese Zeit die Rundfahrt. Inas letzte Hoffnung war, dass der Fahrer dann den Wagen kontrollieren würde, bevor er die Fahrt ins Depot antrat.

Max nahm die Wodkaflasche und hielt sie Ina erneut an den Mund. Wieder drehte Ina den Kopf weg.

"Dann nicht", sprach er mehr zu sich selbst und schüttete den Rest in sich hinein. Er legte die leere Flasche neben sich auf den Sitz, nahm den Knopf aus seinem Ohr, zog den Stecker aus dem Gerät und fasste das silbern schimmernde Kabel an beiden Enden. Er beugte sich vor Ina, schaute sie mit glasigen Augen an und legte es wie eine Schmuckkette um Inas Hals.

"Mein Velobungscoll… Collee", lallte er. Ina fuhr herum.

"Du spinnst. Nimm sofort das Kabel weg!" Gleichzeitig versuchte sie, hinter ihren Nacken zu greifen, um seine Hand wegzuziehen. Max verzog wütend sein Gesicht. Seine lockere Stimmung war plötzlich wie weggeblasen. Blitzschnell kreuzte er die beiden Kabelenden und zog sie auseinander. Ina war einen Augenblick lang wie gelähmt. Dann griff sie sich entsetzt an den Hals, rang nach Luft, versuchte vergebens, mit den Händen unter die zuschnürende Leitung zu gelangen. Sie keuchte und würgte, die Augen weit aufgerissen. Max zog mit ganzer Kraft an den Kabeln. Sein Blick war wirr. Inas Arme fuchtelten hilflos durch die Gegend. Ihr Körper bäumte sich auf. In ihrem Blick war Todesangst.

"Blö-öde Tu-ussi", stieß Max hervor, "wa-wa-rum wehrs Dich? Sein benebeltes Hirn erfasste nicht mehr, was er tat. Je mehr Ina sich wehrte, umso heftiger zog er. Der aussichtslose Kampf schien nicht enden zu wollen. Unbarmherzig fraß sich der ummantelte Draht immer tiefer in Inas Hals und schnürte ihr die Kehle zu. Es dauerte mehrere Minuten, dann fielen ihre Arme kraftlos nach unten. Max ließ irritiert die Hände mit dem Kabel sinken. Er glotzte Ina ins Gesicht, starrte ungläubig in ihre blutunterlaufenen, glanzlosen Augen und die blutigen Striemen an ihrem Hals. Dann stierte er auf seine Hände, die immer noch das Kabel hielten. Die tiefen Einkerbungen in seinen Handflächen brachten ihn halbwegs in die Realität zurück.

"Was ist los? Mach keinen Quatsch!", stammelte er, noch immer nicht ganz begreifend. Er stupste Ina an, packte und schüttelte sie. Ihr Kopf fiel nach vorn, ihr Körper rutschte zur Seite. In seinem Gesicht breitete sich Entsetzen aus. Instinktiv schob er Ina in die Ecke und versuchte, so gut es ging sie so hinzusetzen, als wäre sie eingeschlafen. Ihr Kinn war auf die Brust gesunken und verdeckte die schlimmsten Spuren am Hals. Das Kabel stopfte er in seine Hosentasche, nahm die Wodkaflasche und versteckte sie unter seinem Pulli. Nach einem prüfenden Blick in Richtung Fahrerkabine schwankte er nach vorne zum mittleren Ausgang und drückte den Halteknopf. Der Fahrer schien sich voll auf die

Strecke zu konzentrieren und hatte offensichtlich von dem Geschehen nichts mitbekommen.

"Nächste Station Endhaltestelle, bitte alle aussteigen. Der Wagen rückt jetzt ein", kam kurz darauf die Durchsage. Die Bahn hielt an, Max stolperte nach draußen und verschwand zwischen den Häusern. Die Wodkaflasche entsorgte er im Vorbeigehen in eine, neben dem Gehweg abgestellte, Abfalltonne. Der Wagenführer, froh das Fahrzeug nun ins Depot bringen zu können, machte seinen Kontrollgang. Von der Mitte des Wagens aus schaute er nach hinten. Da saß doch tatsächlich noch jemand. "Hallo", rief er, "Endstation!". Keine Reaktion. "Immer wieder dasselbe", brummte er mürrisch. Er lief weiter, erkannte eine junge Frau, die offensichtlich tief und fest schlief. "Hey Fräulein, aufwachen! Fahrtende!", forderte er mit entschiedener Stimme auf, als er vor ihr stand. Doch die junge Dame rührte sich nicht. Ihr Gesicht wirkte seltsam fahl. Auch mit ihren Augen schien etwas nicht zu stimmen. Sie wiesen einige Hämatome auf. Er stutzte, berührte vorsichtig Inas Schulter. Sie kippte ihm entgegen. "Um Himmels willen!", rief er entsetzt, als er nun auch die Spuren an ihrem Hals entdeckte. Mit raschen Schritten eilte er nach vorne und verständigte die Einsatzleitung.

Max war ein Stück ziellos durch die Gegend gelaufen. Er konnte keinen klaren Gedanken fassen, versuchte die Erinnerung zu verdrängen. Nach einer Weile entschloss er sich, ein Taxi zu rufen und sich zu seinen Kumpels bringen zu lassen. Als er ankam, waren die gerade im Aufbruch, weil in der Disco nichts los war.

"Schau einer an, unser Casanova", meinte Daniel. "War wohl ein Reinfall, Deine Eroberungstour", grinste er, als er das bleiche Gesicht von Max sah. "Aber hier hast Du auch nichts verpasst".

Gemeinsam machten sie sich auf den Weg zur Straßenbahnhaltestelle, um nach Hause zu fahren. In der Bahn steckte Max sich die Muscheln wieder in die Ohren und schaltete auf volle Lautstärke, um sich den Kopf zuzudröhnen. Aber kein Ton kam an. Er fummelte am Gerät. Nichts.

"Mist, verdammter!", schalt er. "Die sind hinüber". Er nahm das Kabel, hängte es über das Gestänge am Fenster und starrte in die Dunkelheit. Auch für diesen Zug war es die letzte Fahrt am Tag. Nach dem Einrücken ins Depot begannen zwei Putzkräfte, den Wagen zu säubern.

"Schau, da hat jemand seine Kopfhörer vergessen", bemerkte Alma und hielt sie ihrer Kollegin hin. "Kannst Du sie nachher zur Fundstelle mitnehmen, Rosa? Ich muss mich heute beeilen".

"Ach was, die sind bestimmt kaputt", meinte Rosa, "die kann man wegwerfen", und ließ sie in ihren Abfallsack fallen.

DIE FRAU IN DER MITTE

Es ist Samstagabend, Tag fünf postoperativ. Der Abend eines anstrengenden Tages mit vielen Besuchern über gesamte zwölf Stunden verteilt. Alle Frauen im Dreibett-Zimmer mit neuem Kniegelenk. Zwei auf der rechten Seite, eine links. Die Stimmung im Raum ist leicht angespannt. Ähnlich wie die Luft außerhalb des Gebäudes. Düstere Wolken, Grummeln in der in schwefeliges Licht getauchten Atmosphäre. Übergangslos senkt sich Nacht über das junge Grün der durch die große Glasscheibe sichtbaren Bäume, verschwinden Konturen des gegenüberliegenden Gebäudeflügels hinter grauem Regenschleier. Das Rauschen prasselnder Wassermassen dringt ungedämpft durch gekippte Fenster. Die Tür zum Flur ist bis zum Anschlag geöffnet. Jeder Laut aus Nachbarzimmern, sich auf dem Flur begegnenden Patienten und Pflegekräften sowie sich verabschiedenden Angehörigen, ist zu vernehmen. Etwas metallisch Klingendes fällt scheppernd zu Boden. Stimmen sprudeln durcheinander, lösen sich auf in allgemeinem Gelächter. Auffrischender Wind fegt durch den Fensterspalt, kühlt die Luft im Zimmer merklich ab. Die Frau in der Mitte fröstelt. Sie zieht die Decke bis zum Kinn, wird schläfrig, obwohl es erst halb acht ist. Sie wird übellaunig, weil Licht und Geräusche durch die offene Tür vom

Gang, die Beleuchtung über dem Bett zur Rechten und der laufende Fernseher zur Linken sie am Eindösen hindern. Fortgesetztes Handyklingeln, mit nachfolgend lautstarken, ins intimste gehenden Unterhaltungen von der Fensterseite tun ihr Übriges. Gewitterblitze mischen sich mit dem Licht-/Schattenspiel aus dem TV-Gerät, durchdringen die dünne Haut ihrer geschlossenen Lider. Vom Lager zur Rechten dröhnt sattes Schnarchen, wetteifert mit Knarzen des Bettgestells bei jeder Bewegung. Ihr müder Blick zur Seite zeigt ein aufgeschlagenes Buch, das sich mit der Bettdecke hebt und senkt. Jedes kurze Wegnicken wird durch einen tiefen, im Schlaf ausgestoßenen Seufzer aus einem der beiden Nachbarbetten beendet. Sie spürt, wie sich in ihrem Innern Aggression aufbaut. Draußen peitscht der Regen. Es zieht unangenehm heftig zwischen Fensterspalt und offener Tür. Zum wiederholten Mal saust die in der Mitte hoch, hebt zuerst beeinträchtigtes, dann intaktes Bein aus dem Bett, schnappt die unten am Bettgestell befestigten Gehhilfen, stemmt sich aus dem Sitz in den Stand und marschiert, Schritt und Stock kombinierend, so schnell es geht zur Toilette. Der großzügig verabreichte Abführsaft zur Mobilisierung der Darmtätigkeit zeigt schon den ganzen Tag seine durchschlagende Wirkung. Eile ist angesagt, um den Ort der Erleichterung rechtzeitig zu erreichen.

"Ich mache die Tür jetzt zu", vermeldet sie genervt im Vorwärtsbewegen.

"Die Nachtschwester kommt doch gleich", tönt es ablehnend aus dem Bett am Fenster.

"Dann lasse ich sie halt noch offen", gibt sie in deutlich missmutigem Tonfall zurück und verzieht sich aufs 'Stille Örtchen'. Während sie sitzt und mit baumelnden Beinen den Dingen freien Lauf lässt, steigert sich ihre aufgestaute Wut. Ihr linkes Bein schmerzt trotz Betäubungsmittel, ist heiß und zeigt eine starke Schwellung vom Oberschenkel bis hinunter zum Fußgelenk. Sie fühlt sich elend und matt, möchte nur noch schlafen.

"Warum", so fragt sie sich, "nimmt hier keiner Rücksicht auf mein Ruhebedürfnis?"

Mühsam klettert sie zurück ins Bett, versucht erneut, Geräusche und Lichtschimmer zu ignorieren, merkt, dass es ihr nicht gelingt, so sehr sie sich auch bemüht. Inzwischen zeigen die Ziffern auf ihrem Smartphone in der Nachttischschublade 22:03 Uhr. Sie beschließt, es auszuschalten. Der Fernseher am Fenster läuft weiter, während jetzt auf dieser Seite gleichmäßige Atemzüge eine zumindest vorübergehende Handypause signalisieren. Auf der anderen Seite wird das Buch wieder aufgenommen.

"Gibt es im Krankenhaus eigentlich keine einzuhaltenden Ruhezeiten?", fragt sie sich ärgerlich und versucht, das aufkommende Gefühl von hilfloser Ohnmacht zu bekämpfen.

Der Nachtpfleger kommt, bringt letzte Medikamente. Sie widersteht dem Versuch, ein Schlafmittel oder Ohrstöpsel zu verlangen. Immerhin schließt er beim Rausgehen die Tür. Eine kleine Erleichterung. Sie ist für alles dankbar. Sie dreht sich mithilfe des Haltegriffs über dem Bett auf die linke Seite, es ist das erste Mal seit der Operation und tut noch mächtig weh, bemerkt, dass der Regen nachgelassen hat, das Gewitter weitergezogen ist. Das Fernsehprogramm sendet, nach wie vor unbeachtet, vor sich hin. Die Atemgeräusche werden, abgehackt und von immer wieder auftretendem Stöhnen, unterbrochen. Aus dem Halbdunkel blinkt ihr stumm auffordernd das Messer auf ihrem Nachttisch entgegen, welches sie sich beim Abendessen zum Orangen schälen zurückbehalten hat.

"Zu stumpf!", überlegt sie schwerfällig. Wieder fallen ihr die Augen zu und sie versinkt in weiteres Dämmern. Im Weggleiten registriert sie das Beiseitelegen des Buches und den Gang ins Bad mithilfe des Gehbocks.

"Rumms tab-tab, Rumms tab-tab, Rumms tab-tab ..." Erneut ist ihr Versuch, einzuschlafen, unterbrochen. Sie beschließt, mit Hilfe von Übungen unter der Bettdecke, die Sehnen in der Kniekehle zu dehnen. Die Nachbarin kehrt zurück, hievt sich mühevoll in ihr Bett, löscht das Licht.

"Gott sei Dank! Endlich!", denkt sie. Fast im gleichen Moment ist die Fernsehseite wieder wach, singt halblaut ein paar Zeilen einer Kindermelodie vor sich hin.

"Wie im Irrenhaus!", schießt es ihr durch den Kopf. Auf der anderen Seite knarzt abermals das Bett, beginnt die darin Liegende, wie gehabt, zu schnarchen. Mit tiefen, lang gezogenen Sägelauten wird ein nicht vorhandener Wald gerodet. Sie überlegt ernsthaft, welche von den beiden sie zuerst abmurksen soll. Barmherzigerweise enden Beleuchtung und Geräusch des TV-Gerätes, die Fensterfrau wälzt sich in Schlafposition. Auf der anderen Seite wechselt das Schnarchen in leisere Atemzüge, das Knarzen des Bettes macht eine Pause. Jetzt könnte sie einschlafen, wenn, ja wenn sich nicht wieder ihre Blase melden würde. Seit dem Abhängen der Infusionsflaschen wurden sie alle drei zum Trinken von täglich zwei bis drei Liter Wasser verpflichtet. Also erneut raus aus dem Bett, rein in die Pantoffeln, Gehhilfen aus der Halterung gezogen und losgetrottet. Kaum liegt sie wieder auf der Matratze, klappen ihr die Augen zu. Abrupt wird die Sägepause beendet, nimmt die Geräuschkulisse ihre Fortsetzung. Mit Wut im Bauch versucht sie, die erneute Störung nicht zu beachten, was ihr natürlich nicht gelingt. Sie ringt mit sich, ob sie klingeln und sich doch noch Ohrstöpsel oder ein Schlafmittel bringen lassen soll. Mittlerweile ist es weit nach Mitternacht. Der Gedanke an eine zusätzliche Magenbelastung und Befürchtungen, dass das Wachs in den Ohren mehr stört, als nützt, halten sie zurück. Inzwischen ist die Phonzahl kaum noch auszuhalten. Sie kriecht unter der Decke hervor, schleicht sich, so gut es geht an der Wand abstützend, zu den Boxen mit den Einweghandschuhen. Sie schnappt sich eine der Krücken vom Nachbarbett neben den Schränken, fasst den Stock mit beiden Händen breitflächig am Metall, beugt sich über die Schlafende, hole tief Luft und senkt das metallisch schimmernde Rohr blitzschnell auf ihren Hals. Das Schnarchen stoppt spontan. Aus der Dunkelheit starren ihr entsetzt aufgerissene Augen entgegen. Der Schrei aus der Kehle erstickt im Keim unter dem sich sogleich verstärkenden Druck. Verzweifelte Hände versuchen panisch, sich davon zu befreien. Die Fensterfrau, dank der vom Nachtpfleger zusätzlich verabreichten Schlafmittel weiterhin in tiefem Schlummer, bekommt nichts mit von dem fast geräuschlosen Kampf. Durch die stehende Position zwar in leichtem Vorteil, erfordert es trotzdem die ganze Energie, der Gegenwehr standzuhalten. Endlich beginnen die Lider der Schnarcherin zu flackern, schließen sich kapitulierend. Der Widerstand der Hände lässt nach, die Arme sinken kraftlos aufs Bettzeug. Die Mittlere drückt die Gehhilfe der Nachbarin zurück in die Halterung, entsorgt die Handschuhe in den Abfallbehälter im Bad, betätigt provisorisch Klospülung und Wasserhahn und schleppt sich, an den Fußenden der Bettgestelle entlang hangelnd, zurück zu ihrem Bett. Erschöpft lehnt sie eine ganze Weile am seitlichen Rand, bevor sie Po und Beine auf die Matratze hebt und sich nachfolgend wieder in Liegeposition bringt. Total ermattet fällt sie sofort in einen ohnmachtsähnlichen Zustand.

"Aufstehen zum Bettenmachen!" Die lautstarke Begrüßung des Frühdienstes reißt sie aus dem Tiefschlaf. Sie ist völlig benommen, hat Schwierigkeiten sich zu orientieren, braucht einige Sekunden, bis sie weiß, wo sie sich befindet.

"Ich habe vor lauter Schmerzen fast die ganze Nacht wach gelegen", kommt es stöhnend aus Richtung Fenster. Von der anderen Seite kein Laut, nur ein gespenstiges Schweigen. Im Zeitlupentempo erfasst sie die Erinnerung. Sie hält den Atem an, starrt zur Decke, wagt nicht, die Pflegerinnen anzuschauen. Aus den Augenwinkeln schielt sie nach rechts, ohne den Kopf zu drehen. Kein Bett. Der Platz ist leer.

"Ist Ihnen nicht gut?", hört sie wie von weit her die an sie gestellte Frage, sieht verschwommen, wie durch weißen Nebel, ein sich über sie beugendes Gesicht. Eine Hand tätschelt ihre Wange. Jemand ruft mehrfach, wie durch Watte gedämpft, ihren Namen. Sie ist unfähig, zu reagieren. Ihr Kreislauf schlägt Kapriolen. In ihrem Kopf dreht sich alles wie ein Karussell. Ein Gewirr von Stimmen dringt an ihre Ohren, entwickelt sich zum Rauschen. Dann umgeben sie Stille und Nacht.

Teil 2 KRIMINALGESCHICHTE

DONAUWELLEN

Tag 1 Glücksgefühle und Realitäten

Tag 2 Zwietracht, Zank und Eifersucht

Tag 3 Zwischen Brücken und Schleusen

Tag 4 Schattenseiten und Lichterglanz

Tag 5 EU und Schengenraum

Tag 6 Geheimnisse und Spurensuche

Tag 7 Piraten und scharfe Messer

Tag 8 Entfernung und Entdeckung

DONAUWELLEN

Tag 1 Glücksgefühle und Realitäten

"So, da wären wir. Das ist ihr Schiff". Der Taxifahrer deutete nach unten. Er stieg aus, holte den Reisetrolley aus dem Kofferraum und half Felicitas aus dem Wagen.

"Ich wünsche Ihnen eine wunderschöne Reise", verabschiedete er sich von ihr mit einem warmen Lachen und einem bestätigenden Händedruck. Auf der Fahrt vom Bahnhof Passau zum Liegeplatz des Kreuzfahrtschiffes hatte sie ihm völlig aufgeregt von ihrem unbeschreiblichen Glück berichtet. Auch wie alles angefangen hatte, damals vor ein paar Monaten, mit einem Brief in ihrem Briefkasten.

"Ein Brief von einem Reisebüro?" Unschlüssig drehte sie damals an diesem unfreundlichen Wintermorgen den erhaltenen Umschlag in ihrer Hand hin und her und betrachtete ihn von beiden Seiten. "Bestimmt wieder Werbung. Aber woher haben die meine Adresse?" Da stand eindeutig ihr Name. Sie öffnete das Kuvert, in dem sich ein Schreiben und ein Flyer befanden. "Mal sehen, welches Lockangebot sie mir unterbreiten wollen". Skeptisch ließ sie das Schreiben auf den Küchentisch sinken und wandte sich dem Prospekt zu. "Eine Schiffsreise", stellte sie fest, "auf der Donau", und überflog kurz

Termine und Preise. "Das wäre bestimmt ein tolles Erlebnis. Schade! So etwas Schönes kann ich mir nicht leisten", stellte sie mit einem kleinen Seufzer fest. "Zumal bei dem Zuschlag, den ich bei Alleinbelegung einer Kabine zahlen müsste". Sie wollte Schreiben und Flyer schon zum Altpapier befördern, als ihr Blick auf die in dicken Lettern geschriebenen Worte unterhalb ihrer Adresse fiel. 'Herzlichen Glückwunsch zum Gewinn Ihrer Traumreise!', stand da im Betreff des Briefes mit Ausrufezeichen. Jetzt wurde sie doch neugierig, legte das bunte Faltblatt beiseite und wandte sich dem geschriebenen Text zu. Sie konnte kaum fassen, was dort stand, musste es dreimal lesen, um zu begreifen. Sie hatte gewonnen! Endlich, endlich hatte sie einmal Glück gehabt! Sie, Felicitas. Die Glückliche, wie ihre Eltern sie genannt hatten. Aber sie hatte nie Glück in ihrem Leben gehabt, kein einziges Mal in diesen ganzen zweiundsiebzig Jahren. Obwohl sie alle Preisrätsel mitmachte, die ihr in die Finger kamen und an fast jedem Wettbewerb teilnahm. Doch noch nie hatte sie auch nur das Geringste davon profitiert. Nun war ihr gleich ein Hauptgewinn geglückt! Eine richtige Reise! Elf Tage Flusskreuzfahrt auf der Donau mit Vollverpflegung. Ihr Durchhaltevermögen bei den Preisausschreiben hatte sich gelohnt.

"Das muss ich begießen!", beschloss sie spontan und holte den Piccolo-Sekt aus dem Kühlschrank, den ihr eine Freundin im vergangenen Jahr zum Geburtstag geschenkt hatte. Sie goss die prickelnde Flüssigkeit in ein Glas, stellte sich vor den Spiegel und prostete sich gut gelaunt zu. Den ganzen Tag über versuchte sie sich zu erinnern, welches Preisausschreiben ihr das Glück beschert haben könnte. Im Laufe des Abends fiel es ihr dann ein. Es musste wohl diese Karte gewesen sein, die sie im Mai am Messestand ausgefüllt hatte.

"Einmal, nur ein einziges Mal möchte ich etwas gewinnen", hatte sie damals gedacht und so getan, als würde sie dreimal darauf spucken, bevor sie sie in die Box warf.

Als sie den Brief bekam, war sie viel zu aufgeregt, um ihn bis zu Ende zu lesen. Erst am nächsten Tag war sie in der Lage, sich das Schreiben genauer anzuschauen. Wie sich herausstellte, bezog sich der Gewinn auf eine Reise in der halben Kabine eines Donaukreuzfahrtschiffes. Die andere Hälfte konnte man, zu einem nicht gerade günstigen Preis, für eine zweite Person hinzubuchen. Ansonsten würde man sie mit einer Person gleichen Geschlechts teilen.

½ Doppelzimmer
(Unterbringung mit einer Person
gleichen Geschlechts)

Das versetzte ihr einen Dämpfer, zumal alle Nachbarinnen und Bekannten ihr dazu rieten, das Ganze zu vergessen. Das sei Betrug. Aber würde sie noch einmal so eine Chance bekommen?

"Die können doch nicht zwei wildfremde Menschen zusammen in eine Kabine legen", war sie überzeugt, "man könnte meinen, Ihr seid neidisch. Ihr werdet sehen, ich komme in eineinhalb Wochen von einer Traumreise auf einem wundervollen Schiff zurück und habe Euch viel zu erzählen". Laut den Unterlagen sollte die Anreise in Eigenregie erfolgen. Die freundliche Dame vom Reisebüro bot ihr jedoch an, die Fahrt mit der Bahn von ihrem kleinen Wohnort in der Pfalz und das Taxi zum Schiff für sie zum Vorzugspreis zu organisieren, was sie dankbar annahm. Nie hätte sie sich träumen lassen, dass ihre Traumreise zum Albtraum werden würde. Auch nicht, dass die Dame, die ihr in der Bahn gegenübersaß und sie mit ihrem ständigen Geplapper nervte, daran einen nicht geringen Anteil hatte.

Sie musste kurz vor ihr angekommen sein. Da stand sie mit ihrem Koffer und betrachtete das Schiff.

"Es sieht genauso schön aus, wie in dem Reiseprospekt", frohlockte sie und streckte Felicitas die Hand entgegen, als wären sie alte Bekannte. "Da hätten wir ja vom Bahnhof gemeinsam hierherfahren können. Ich kann es kaum erwarten, meinen Fuß an Bord zu setzen. Es ist meine erste Reise mit einem Kreuzfahrtschiff und ich freue mich unbändig darauf." Felicitas wandte sich ohne Antwort demonstrativ dem Verbindungssteg zu. Hintereinander gingen sie hinunter zum Schiff.

Am Eingang wurden sie von Danny, dem Reiseleiter und vom Hotelmanager freundlich begrüßt, nach ihren Namen gefragt und zur Rezeption geleitet.

"Da sind ja unsere beiden Gewinnerinnen!" Danuta und Mirko an der Rezeption hießen sie gleichermaßen freudestrahlend willkommen. Felicitas registrierte das Wort 'Gewinnerinnen' mit einer unguten Ahnung.

"Bitte nicht!", schickte sie ein Stoßgebet nach oben. Die Zugfahrt mit ihr war schon eine Herausforderung.

"Willkommen auf der MS Sultana und herzlichen Glückwunsch!", fuhr Danuta hinter dem Tresen fort. "Wir hoffen, sie hatten eine gute Anreise und wünschen Ihnen einen angenehmen Aufenthalt auf dem Schiff. Darf ich Ihre Ausweise haben, Sie bekommen sie morgen zurück. Hier sind Ihre Zimmerkarten. Ihre Kabine ist auf der gleichen Etage, diesen Flur entlang". Sie machte eine richtungweisende Handbewegung.

"In einer halben Stunde wird im Wiener Salon, den Sie über die Treppe hier erreichen, eine Begrüßungssuppe serviert". Sie zeigte auf die Wendeltreppe, die nach oben führte.

"In einer Stunde findet in der Lounge, ebenfalls eine Treppe höher, der Sektempfang unseres Kapitäns und eine kurze Einführung statt. Wenn Sie irgendwelche Fragen haben, wenden Sie sich jederzeit vertrauensvoll an die Rezeption. Sie ist durchgehend vierundzwanzig Stunden besetzt". Die Informationen waren unverstanden an Felicitas abgeprallt. Zu sehr war sie mit dem, was sie erwarten könnte, beschäftigt. Mit den Zimmerschlüsseln in Form von kleinen Karten und gemischten Gefühlen schritten die beiden hintereinander den Flur entlang und suchten die betreffenden Kabinennummern. Ihnen schwante nichts Gutes, als sie vor der gleichen Tür stehen blieben. Felicitas schaute Carola irritiert an.

"Haben Sie auch die 235?" Ihre Stimme war kaum hörbar.

"Ihr Gewinn eine halbe Kabine?", gab Carola mit gequältem Lächeln zurück und öffnete die Tür. "Bitte nach Ihnen!"

Drinnen ließen sie sich erst einmal auf die Sessel fallen. Sie waren beide schockiert. Carola hatte ein gleichartiges Schreiben mit der Gewinn-Nachricht erhalten. Keine ihrer Bekannten konnte jedoch Urlaub in den Sommerferien machen. Zudem war keine bereit, den nicht geringen Preis für die zweite Hälfte der Kabine auf der MS Sultana zu bezahlen. Nachdem man ihr im Reisebüro zugesichert hatte, dass die Gewinner bis jetzt immer die Kabine für sich alleine nutzen konnten, hatte auch sie den Gewinn angenommen.

"Hat man Ihnen auch gesagt, dass so etwas noch nie vorgekommen ist?", fragte Carola, nachdem sie sich als Erste wieder gefasst hatte. "Ich gehe zur Rezeption und frage, ob ich eine andere Kabine haben kann. Notfalls zahle ich einen Aufpreis. Kann ich meine Sachen solange hierlassen?" Ohne die Antwort abzuwarten, machte sie sich auf den Weg.

"Tut mir leid, wir sind vollständig ausgebucht", wurde ihr an der Rezeption erklärt und mit einem bedauernden Blick und Schulterzucken: "Es ist Haupturlaubszeit".

"Aber wir sind uns völlig fremd", beharrte Carola.

"Die andere Dame ist um einiges älter. Wir können doch nicht in einem Ehebett schlafen".

"Danny, kommst Du mal, bitte!", rief Danuta den Reiseleiter zu Hilfe und erklärte ihm die Sachlage.

"Wir können leider nichts machen", bestätigte er. "Die Belegung erfolgt durch das Reisebüro. Die Gewinne sind so ausgelegt, dass die andere Hälfte der Kabine hinzugebucht und durch Angehörige oder Bekannte belegt wird. Sicher kommt es außerhalb der Saison auch mal vor, dass ein Gewinner die Kabine für sich alleine hat, aber das ist äußerst selten. Wir können höchstens abwarten, ob jemand nicht anreist, dann werde ich auf jeden Fall auf Sie zukommen. Aber bis jetzt ist mir keine Stornierung bekannt". Damit wandte er sich wieder dem Eingangsbereich und neu ankommenden Gästen zu.

Carola ging etwas niedergeschlagen zurück.

"Nichts zu machen!", wandte sie sich an ihre Kabinenkollegin. "Alles belegt. Ich brauche jetzt erst einmal eine Zigarette!" Sie schnappte ihre Handtasche, verschwand aufs Sonnendeck und beobachtete das Ablegemanöver. Die Lust auf Begrüßungssuppe und Sektempfang des Kapitäns waren ihr gründlich vergangen.

"Womit habe ich das verdient?", jammerte Felicitas niedergeschlagen in der Kabine, "einmal glaubte ich, Glück zu haben. Und rauchen tut sie auch noch!" Sie verzichtete ebenfalls auf die Einladung zum Sektempfang, die über den Bordfunk ertönte. Kurze Zeit später erfolgte bereits der Hinweis, dass die Türen zum Restaurant geöffnet seien und nun das Abendessen serviert werde.

Carola hatte sich nicht mehr in der Kabine blicken lassen. Felicitas machte sich alleine auf den Weg.

"Eigentlich habe ich gar keinen Appetit", dachte sie traurig. Am Eingang wurde sie vom Hotelmanager und vom Restaurantchef begrüßt. Der Raum war schon gut gefüllt. Die meisten Gäste waren wohl hungrig. Sie waren bereits in den frühen Morgenstunden im Norden und Osten Deutschlands mit Bussen abgeholt worden. Das Restaurant, ringsum verglast, erstreckte sich über zwei Ebenen. Felicitas wurde an einen runden Tisch auf der unteren Ebene am Heck des Schiffes geführt, der für sieben Personen gedeckt war. Von hier hatte man einen wundervollen Ausblick zur Seite und nach hinten. Drei Frauen hatten bereits ihre Plätze eingenommen. Felicitas grüßte mit einem schüchternen "Guten Abend." Kurz nach Felicitas erschien auch Carola. Sie blickte prüfend in die Runde.

"Ach Du meine Güte, hier bin ich wohl im Altersheim gelandet", ging es ihr durch den Kopf. Sie war mit ihren sechsundfünfzig Jahren offensichtlich mit Abstand die Jüngste. "Sieht aus, als würde das hier eine Frauenrunde werden", bemerkte sie mit gespielter Heiterkeit, "ich bin Carola".

"Vicky", kam die Antwort von der Dame, die ihr altersmäßig am nächsten schien. Deren Nachbarin quittierte es mit leicht vorwurfsvollem Blick. Sie grüßte lediglich mit einem "Guten Abend".

"Mein Name ist Elena", schloss sich die Vierte an. Felicitas blieb stumm. Kurz darauf steuerte ein lässig gekleideter Mann um die fünfzig auf den Tisch zu.

"Also doch keine reine Frauenrunde", flüsterte Vicky zu Carola gewandt und grinste vielsagend. Beide schauten den Neuankömmling erwartungsvoll an.

"Hallo zusammen", begrüßte er die versammelten Damen. Er schaute Carola an, die zu ihm hochblickte. "Ist der Stuhl noch frei?"

"Gerne", strahlte sie ihn an. Er setzte sich neben sie. "Ich heiße Carola. Und mit wem haben wir das Vergnügen?"

"Ich heiße Sigismund", meinte er mit verlegenem Lächeln, "aber sagt einfach Siggi zu mir." Er streckte Carola und Victoria die Hand entgegen. Die anderen am Tisch waren mit dem Verzehr des ersten Ganges beschäftigt. Die Vorspeistenteller wurden bereits abgeräumt, als der siebte Tischkollege erschien. Ein älterer, sehr gepflegt wirkender Herr im grauen Anzug. Er nickte kurz in die Runde.

"Guten Abend, entschuldigen Sie bitte mein Zuspätkommen. Ich musste noch etwas mit der Reiseleitung klären. Mein Name ist Kirsch", stellte er sich vor. Siggis Kopf schnellte herum, als er den Namen hörte. Für einen Moment verdüsterte sich sein Gesicht. Dann senkte er den Blick und starrte in seine Suppe. Herr Kirsch, dem das Ganze entgangen war, ließ sich auf dem noch freien Stuhl zwischen Felicitas und Siggi nieder und vertiefte sich in die auf dem Tisch liegende Speisekarte.

"Das sind also für die kommenden eineinhalb Wochen meine Tischgenossen". Felicitas ließ ihren Blick unauffällig von einem zum anderen schweifen. Bis auf Herrn Kirsch, den sie um die achtzig schätzte, schienen alle um einiges jünger zu sein als sie.

Während alle die Suppe verzehrten, der Ober die Auswahl für das Hauptgericht entgegennahm und die bestellten Getränke servierte, wurden erste Informationen über Herkunftsgegend und Anreise ausgetauscht. Wie sich herausstellte, waren zwei der Frauen, Juliana und Victoria, Schwestern. Alle anderen waren alleine auf dem Schiff. Juliana, die Ältere der Schwestern und Felicitas gaben vor, von der langen Fahrt müde zu sein, und verabschiedeten sich nach dem Dessert rasch in ihre Kabinen. Auch Herr Kirsch empfahl sich mit einem "Angenehme Nachtruhe", was Siggi mit einem verächtlichen Blick quittierte. Victoria und Carola, sie hatten sich gleich gut verstanden, zog es zu einer Zigarette auf das Sonnendeck.

"Ich brauche jetzt einen Verdauungstrunk", verkündete Siggi. "Kommst Du mit?", wandte er sich an Elena.

"Ich will auch noch mal nach oben, fotografieren. Vielleicht später." Etwas enttäuscht machte er sich alleine auf den Weg zur Bar.

Elena holte ihren Fotoapparat und ging die Treppe zum Sonnendeck hoch. Der Kapitän hatte beim Begrüßungssekt erläutert, dass das Schiff auf der Fahrt mehrere Schleusen passieren würde. Die erste Durchfahrt war bereits während des Abendessens. Nun fuhr die MS Sultana bereits auf die zweite zu. Dieses Mal wollte Elena sich das Ereignis nicht entgehen lassen. Am Geländer im Bereich des Bugs war schon eine interessierte Menge versammelt, die meisten mit Kameras oder anderen Aufnahmegeräten ausgestattet. Die bunten Lichter der Schleuse strahlten von Weitem und zeichneten in der inzwischen eingetretenen Dunkelheit faszinierende Spiegelungen auf das Wasser. Ein leichter Wind streifte über das Deck und ließ die fast unerträgliche Hitze des zurückliegenden Tages vergessen.

Carola und Victoria schienen sich für das Spektakel nicht zu interessieren. Sie unterhielten sich rauchend an der Reling. Nur Siggi, der etwas weiter vorne ebenfalls rauchend und mit einem Bier auf dem Sonnendeck stand, hatte seinen Blick in

Richtung des Geschehens gerichtet. Elena stellte sich zu ihm.

"Ein interessantes Schauspiel, so eine Schleusendurchfahrt", bemerkte sie, während sie mehrfach den Auslöser betätigte.

"Für mich ist das nichts Besonderes", gab Siggi zurück. "Ich kenne das zur Genüge aus meiner Kindheit. Bin schließlich auf einem Schiff großgeworden". Seine Stimme klang seltsam belegt. Er nahm einen kräftigen Zug, inhalierte und spülte mit Bier nach.

Das Wasserfahrzeug bewegte sich nun innerhalb der geschlossenen Zone langsam nach unten.

"Ich bin erstaunt, wie die Schiffe in diese engen Schleusenkammern manövriert werden. Und manchmal sogar zwei Kähne nebeneinander. Ob da auch hin und wieder was schiefläuft?", erkundigte sich Elena.

"Na ja, die Schleusenfahrt ist was für erfahrene Schiffer. Schließlich kostet so ein Motorschiff eine Stange Geld", erklärte Siggi. Inzwischen war die passende Tiefe erreicht. Das Schleusentor öffnete sich und gab den Weg frei für die Weiterfahrt. In Windeseile leerte sich das Sonnendeck. Auch Carola und Victoria waren verschwunden. Siggi zündete sich noch mal eine Zigarette an.

"Die Letzte für heute!", beschloss er, "dann bewege ich mich in die Tiefen des Rumpfes. Ich bin ja der Einzige von unserem Tisch, der auf dem Hauptdeck einquartiert ist. Meine Mutter hat mir die Reise geschenkt. Die obere Etage war einfach zu teuer".

Die letzten Worte klangen heiser. Er drückte den Rest des Glimmstängels im Aschenbecher aus. "Also dann, gute Nacht. Vielleicht sehen wir uns beim Frühstück? Ich bin allerdings ein Langschläfer."

"Ich ebenso. Zuhause jedenfalls. Mal sehen, wie es auf dem Wasser ist. Dir ebenfalls eine gute Nacht. Ich werde mir noch ein paar Minuten den Fahrtwind um die Nase wehen lassen."

Siggi stieg die Treppe nach unten. Elena ging ganz nach vorne, um nach Motiven zu spähen. Aber es war zu dunkel, um etwas erkennen zu können. Sie entschloss sich, ebenfalls ihre Kabine aufzusuchen. Beim Vorbeigehen hörte sie aus der Nachbarkabine Bruchstücke einer lautstarken Auseinandersetzung. "Hoffentlich geht das nicht die ganze Nacht oder sogar die ganze Reise so", dachte sie und ging nach drinnen. Sie wusste noch nicht, dass dies die Kabine der beiden Schwestern war, während auf der anderen Seite Felicitas und Carola eingezogen waren.

Felicitas lag wach im Bett. Sie war es nicht gewohnt, mit jemand das Zimmer zu teilen. Das letzte Mal hatte sie das erlebt, als sie im Krankenhaus war. Sie hatte damals nachts kaum ein Auge zugetan. Jetzt wartete sie darauf, dass Carola endlich kommen würde. Zuhause ging sie immer frühzeitig schlafen. Ihre Zimmergenossin schien eher eine Nachtschwärmerin zu sein.

"Vielleicht sollte ich doch eine von den Schlaftabletten nehmen", überlegte sie. Sie wollte gerade aufstehen, als sie merkte, dass sich die Tür bewegte. Sofort drehte sie sich zur Seite und stellte sich schlafend. Carola entkleidete sich im Bad und kroch ins Bett.

"Irgendwie werden wir diese elf Tage überstehen", murmelte Felicitas resigniert vor sich hin.

Tag 2 Zwietracht, Zank und Eifersucht

Die schlanke Sichel des Mondes zeichnete ein C an den schwarzen Himmel. Elena stand am französischen Balkon mit dem Fotoapparat vor dem Gesicht. Es war erst halb fünf. Das Schiff schnitt in flotter Fahrt dunkle Wellenstreifen in die nächtliche Donau. Am Ufer zeigten sich Schattenbilder geheimnisvoller Hügel. Hin und wieder waren einzelne winzige Lichtquellen, vermutlich von Ansiedlungen, zu erkennen. Elena beugte sich über das Geländer. Sie fuhren Richtung Osten. In kurzer Zeit musste am Bug das erste Tageslicht zu sehen sein. Ihr war kalt, aber sie konnte sich nicht von ihrem Beobachtungsposten trennen. Von Minute zu Minute wurde es heller, waren die Umrisse an Land deutlicher zu identifizieren. Das leise Rauschen des Wassers spielte dazu die Ouvertüre des kommenden Tages. Ein sanfter rosa Schimmer zeigte sich in der Verlängerung der Schiffsspitze.

"Herrlich!", dachte Elena, "jetzt erlebe ich meinen ersten Sonnenaufgang auf dem Schiff". Sie hielt das sich ausbreitende Farbenspiel, das jetzt auch orangerote und gelbe Farbtöne an den Himmel zauberte, im 5-Sekunden-Takt fest. Ihre nackten Arme und Beine waren inzwischen eiskalt.

"Ich sollte mir etwas überziehen", überlegte sie kurz, konnte sich aber nicht von dem Anblick trennen. "Am Ende verpasse ich dann das Wichtigste", entschied sie. Am Ufer konnte man jetzt einzelne Häuser ausmachen. Auch die Schattierungen des Wassers waren erkennbar. Das Morgenrot spiegelte sich in der Donau. Aber was war das? Ungläubig schaute Elena nach vorne. Der Fluss machte eine leichte Rechtsbiegung. Die Farben des Morgenhimmels verschwanden hinter der Silhouette des Schiffskörpers. Elena ließ enttäuscht die Kamera sinken.

"Wenn ich den Sonnenaufgang fotografieren will, muss ich hoch an Deck. Im Nachtgewand geht das wohl kaum. Wenn mich jemand sieht. Außerdem bin ich jetzt schon total durchgefroren. Einfach etwas drüberziehen?" Sie schwankte. "So alleine da oben in der Dämmerung? Ich habe kaum geschlafen. Und mir ist entsetzlich kalt". Sie legte schweren Herzens den Apparat beiseite, schloss die Schiebetüren und kroch in das noch warme Bett zurück. Es dauerte eine Weile, bis ihr durchgefrorener Körper sie zur Ruhe kommen ließ und ihr noch etwas Schlaf gönnte.

Hätte sie sich für den Gang aufs Sonnendeck entschieden, wäre sie dort auf Carola getroffen. Die hatte es neben der im Schlaf laut atmenden Felicitas nicht mehr ausgehalten.

"Am liebsten würde ich Dir mein Kissen aufs Gesicht legen, um dieses schreckliche Geräusch zu dämmen", hatte sie ihrer Nachbarin, aufrecht im Bett sitzend, unhörbar zugeflüstert. "Da muss ich mir für den Rest der Reise etwas einfallen lassen, sonst kann ich für nichts garantieren". Sie war aufgestanden, hatte sich leise angezogen, ihre Zigaretten genommen und war nach oben gegangen. Ihre Verärgerung war so groß, dass sie den wunderbaren Morgenhimmel und die sich am fernen Horizont erhebende Sonne kaum zur Kenntnis nahm. Auch einzelne am Bug stehende Fotografen bemerkte sie nicht.

"Die Alte hat gesagt, dass sie zum Frühaufsteher-Frühstück in den Wiener Salon gehen will. Wenn sie aus dem Zimmer ist, werde ich mich noch mal eine Stunde aufs Ohr hauen. Es reicht, wenn ich die letzte halbe Stunde zum Frühstück ins Restaurant komme. Morgens habe ich ohnehin keinen großen Appetit".

Felicitas erwachte und musste sich erst kurz orientieren, um zu wissen, wo sie war. Nachdem Carola sich in der Nacht neben ihr niedergelassen hatte, war sie bald tief und fest eingeschlafen. Sie schaute vorsichtig auf die andere Seite. Das Bett war leer.

"Hat sie nicht gesagt, sie würde morgens lange schlafen?" Auch im Bad brannte kein Licht. Felicitas schlug die Decke zurück und verschwand unter die Dusche. "Hoffentlich gibt es einen ordentlichen Kaffee. Den kann ich jetzt gebrauchen". Sie öffnete die Türen und ließ die frische Morgenluft herein. "Ein herrlicher Tag wird das. Ich freue mich schon auf den Ausflug in Dürnstein. Vielleicht hat mein Gewinn doch noch was Positives zu bieten". Sie machte ihr Bett, faltete das Nachthemd und legte es ordentlich auf das Kissen, schloss die Balkontüren, zog die Vorhänge zu und begab sich nach oben in den Wiener Salon.

Juliana lag schon eine geraume Zeit wach. Sie traute sich nicht, aufzustehen, um Victoria nicht zu wecken. Sie nahm die kleine Taschenlampe, die sie auch daheim immer griffbereit neben ihrem Bett hatte, und leuchtete auf den Wecker. Es war bereits kurz nach sieben Uhr.
"Draußen muss es schon hell sein", dachte sie. Nicht der kleinste Schimmer drang durch die Verdunkelungsvorhänge. "Vielleicht lassen wir nächste Nacht doch einen Spalt offen, damit ich sehen kann, wenn es Tag wird". Victoria schlug die Augen auf, streckte sich und gähnte.
"Hallo Schwester, bist Du schon lange wach?"
"Nicht jeder ist so ein Langschläfer wie Du!", kam es nicht gerade freundlich zurück. "Ich hoffe, Du hast nichts dagegen, wenn ich als Erste ins Bad gehe. Ich möchte nicht allzu spät zum Frühstück kommen. Denkst Du noch an die Übung, die um halb zehn an Deck stattfindet? Der Reiseleiter hat gesagt, dass die Teilnahme Pflicht ist".

"Ach ja, die Sicherheitshinweise, die hätte ich fast vergessen". Victoria gähnte erneut, drehte sich zur Seite und schloss noch mal die Augen. Als sie eine knappe Stunde später das Restaurant betrat, waren die Tische zum Teil schon abgeräumt und der Tischservice bereits beim Eindecken für das Mittagessen. Am Frühstücksbuffet traf sie auf Siggi.

"Guten Morgen, auch so lange geschlafen?" Sie gähnte erneut. "Ich habe vergessen, meinen Wecker zu stellen. Jetzt muss ich mich beeilen. Wir müssen doch auf das Sonnendeck wegen der Rettungsübung".

"Keine Bange. Das schaffen wir schon. Es geht ja erst in einer halben Stunde los", beruhigte er sie.

Am Frühstückstisch wurden sie mit vorwurfsvollen Blicken von Juliana empfangen. Carola hatte auf das Frühstücksbuffet im Restaurant verzichtet, nur kurz beim Frühaufsteher-Frühstück einen Kaffee zu sich genommen und war gleich, nachdem Felicitas dort erschien, in die Kabine gegangen. Elena schob genüsslich eine Gabel Rührei in den Mund. Die Zubereitung im Restaurant konnte sie von ihrem Platz aus beobachten. Sie war trotz ihrer nächtlichen Fotosession frühzeitig aufgewacht und saß schon seit halb acht am runden Tisch.

"Darf ich den Damen eingießen?" Der freundliche Ober hielt die silberne Kaffeekanne bereits in der Hand.

"Sie auch noch eine Tasse?" Elena nickte. Zuhause trank sie morgens Tee. Aber jetzt war sie im Urlaub. Zu einem ausgiebigen Frühstück gehörte auch ein guter Kaffee. Inzwischen befand sich das Schiff in der nächsten Schleuse, wo es auf die folgende niedrigere Höhe der Donau abgesenkt wurde. Elena hatte ihren Fotoapparat mit ins Restaurant genommen und fotografierte nun bei der Ausfahrt durch die gläserne Rückwand das Nachbarschiff, das neben ihnen gelegen hatte. Sie beendete das Frühstück und begab sich auf das kleine Deck am Bug. Von dort aus konnte sie die herrliche Landschaft der Wachau sehen und ablichten. Deren Weinberge, Burgen und Schlösser wurden von Dannys unermüdlich werbender Stimme über das Mikrofon bekanntgegeben. Juliana gesellte sich zu ihr, ebenfalls zum Fotografieren. Sie schaute auf Elenas Fotoapparat.

"Sie fotografieren viel".

"Ja, das ist mein Hobby".

"Ich kann nur mit Automatik fotografieren". Juliana lächelte verlegen. Erneut ertönte die Stimme des Reiseleiters, der alle Gäste in die Lounge bat, zur Einführung in die Sicherheitsübung durch den Kapitän. Elena und Juliana wechselten nach innen und ließen sich nebeneinander auf einer der Lederbänke nieder.

"Ich hoffe, meine Schwester hat die Einladung auch gehört. Schließlich ist es wichtig, zu wissen was man tun muss, wenn mit dem Schiff etwas passiert".

"Darf ich mich zu Ihnen setzen?" Felicitas war froh, wenigstens zwei ihrer Tischnachbarn erspäht zu haben. Weder von Carola, mit der sie die Kabine teilte, noch von den beiden Herren war etwas zu sehen.

"Gehen Sie nachher auch mit zu dem Ausflug?" Juliana nickte. "Ich fühle mich etwas unsicher. Ich habe noch nie alleine eine Reise gemacht", erklärte Felicitas. "Würde es Ihnen etwas ausmachen, wenn ich mich Ihnen anschließe?"

"Mir ist das zu viel", erklärte Elena, "ich habe nur vier von den Zusatzausflügen gebucht. Vielleicht erkunde ich Dürnstein auf eigene Faust. Dann kann ich besser fotografieren und muss nicht dauernd auf die Gruppe achten".

"Das Fotografieren scheint sehr wichtig für Sie zu sein", bemerkte Felicitas und die Missbilligung in ihrer Stimme war nicht zu überhören.

Kapitän Zdenko und Reiseleiter Danny erschienen. Der Kapitän führte kurz in die Sicherheitsvorschriften ein, dann bat er die Gäste auf das Sonnendeck. Jeder wurde mit einer orangefarbenen Rettungsweste ausgestattet. Die Crew kontrollierte das ordnungsgemäße Anlegen. Danach wurde die Sicherheitsbekleidung wieder eingesammelt und die Übung war beendet.

"Meine Damen und Herren, liebe Gäste, in wenigen Minuten erreichen wir Dürnstein", erklärte einige Minuten später die bekannte Stimme aus dem Bordlautsprecher. "Ich bitte die Gäste, die den Ausflug gebucht haben, sich zur Rezeption zu begeben, dort ihre Zimmerkarte gegen eine Ausflugskarte einzutauschen und sich am Reiseleiterbüro einen Audio-Guide für die Führung aushändigen zu lassen. Sie werden von zwei Reiseleiterinnen vor Ort begleitet.

Ich selbst werde ebenfalls daran teilnehmen. Es besteht auch die Möglichkeit, Dürnstein in eigener Regie zu besichtigen. Reiseleiter Lutz wird oben an der Anlegestelle stehen und Ihnen den kurzen Weg zur Stadt erklären. Bitte seien Sie pünktlich um 12:45 Uhr wieder an Bord. Die MS Sultana wird dann zu ihrer Weiterfahrt nach Wien ablegen. Den Gästen, die an Bord bleiben, wünschen wir einen angenehmen Vormittag".

Nachdem das Schiff in Dürnstein angelegt hatte, sah Elena zu, wie die Menschenmassen zum Ausgang strömten. Felicitas hielt sich dicht an Juliana. Victoria folgte mit einigem Abstand intensiv ins Gespräch mit Siggi vertieft.

"Bin ich froh, dass ich den Ausflug nicht gebucht habe!", dachte sie erleichtert, als der Verbindungssteg sich geleert hatte. Reiseleiter Lutz geleitete das überschaubare Grüppchen, das sich oben einfand, bis zum Tor in der Stadtmauer.

"Darf ich mich Ihnen anschließen?" Carola hatte sich unbemerkt an Elenas Seite geschoben. Elena war nicht sonderlich begeistert.

"Wenn es Ihnen nichts ausmacht, dass ich öfter stehen bleibe, um zu fotografieren …" Damit schlug sie den steilen Weg durch den Torbogen nach oben ein. Sie kaufte in einem Souvenirladen ein paar Kleinigkeiten als Mitbringsel. Carola wartete geduldig vor der Tür. "Die wird mir doch hoffentlich nicht die ganze Zeit auf der Pelle hängen", seufzte Elena, aber Carola wich nicht von ihrer Seite.

"Da ist ein Ausschank von Marillenlikör. Sollen wir uns ein Gläschen gönnen? Das gehört eigentlich dazu". Carola stand bereits im Laden.

"Eigentlich hat sie recht. Wenn man schon mal in der Gegend ist". Genussvoll nippten sie beide an ihren Gläsern.

"Ich glaube, da nehme ich eine Flasche mit", entschied Carola und stellte sich in die Reihe der interessierten Käufer.

"Das ist die Gelegenheit!", frohlockte Elena. Laut sagte sie: "Ich geh dann schon mal weiter, ich möchte noch einige Aufnahmen von der anderen Seite der Stadt machen". Sie stellte ihr Glas zurück und verschwand, bevor Carola etwas dagegen einwenden konnte.

Als sie um halb eins zurück an Bord kam, wurde sie vom Kapitän und von Lutz empfangen.

Der Kapitän lächelte sie an und sagte: "Wissen Sie schon, wir haben eine Gräfin an Bord". Elena lächelte zurück. Es interessierte sie wenig, ob eine Adelige unter den Gästen war. Der Kapitän ließ nicht locker.

"Eine Gräfin", wiederholte er, "eine Fotogräfin". Er lachte übers ganze Gesicht. Auch Reiseleiter Lutz lachte im Hintergrund. Jetzt war Elena klar, dass sie gemeint war. Auch die Umstehenden, die kurz vor ihr an Bord gekommen waren, und die Damen an der Rezeption lachten mit. Ab sofort war sie "die

Gräfin". Carola stand oben an der Treppe und beobachtete von dort die Szene. "Gräfin!", murmelte sie abfällig vor sich hin. "Was der Käpt'n nur an der findet? Feine Gräfin! Lässt mich in der Destillerie einfach stehen und verschwindet. Das werde ich Dir heimzahlen, Frau Gräfin!"

Beim Mittagessen übernahm Victoria die Initiative. "Ich finde es umständlich, jedes Mal, wenn ich mit jemand von Euch zusammentreffe überlegen zu müssen, ob wir per Du oder per Sie sind. Ich weiß noch nicht mal alle Namen, obwohl wir nun schon den zweiten Tag gemeinsam am Tisch sitzen. Wir sind ja noch über eine Woche zusammen auf dem Schiff. Was haltet Ihr davon, wenn wir uns alle duzen? Ich heiße Victoria, aber bitte nennt mich Vicky". Juliana warf ihr einen missbilligenden Seitenblick zu.
"Ich bin Victorias Schwester und heiße Juliana. Und", das betonte sie, "ich mag keine Abkürzung meines Namens". Victoria drehte sich zu Carola und verzog das Gesicht.
"Ich bin Carola, das habt Ihr ja schon mitbekommen", schloss sie sich der Vorstellungsrunde an, und zu Victoria gewandt, "das wurde aber auch Zeit!"
"Ich bin immer noch der Siggi". Er warf einen verstohlenen Blick zu seinem Nachbarn.
"Na gut, wenn Ihr Euch alle duzen wollt, es ist ja nur für die Tage auf dem Schiff. Ich heiße Felicitas. Aber bitte, sagt nicht Felix zu mir. Darüber habe ich

mich schon in der Schule geärgert." Alle schauten gebannt auf Elena. Besonders Carola wartete darauf, wie sie sich vorstellen würde. Sie hatte Siggi und Victoria bereits informiert, welchen Titel der Kapitän Elena verliehen hatte. Elena lächelte.

"Nun, einigen von Euch dürfte es ja schon bekannt sein". Sie machte eine bedeutungsvolle Pause. Carola platzte bald von Anspannung. "Ich heiße Elena". Die Worte kamen fast beiläufig über ihre Lippen. Sie genoss die Enttäuschung, die sich auf einigen Gesichtern abspiegelte. "Ich finde die Idee gut, Victoria". Sie wählte absichtlich den vollständigen Namen und schaute dabei Juliana an. "Ich habe selbst schon überlegt, einen entsprechenden Vorschlag zu machen, aber beim Frühstück heute Morgen waren wir ja nicht vollzählig".

"Das ging gegen mich", ärgerte sich Carola, die nicht wusste, dass auch Felicitas nicht am gemeinsamen Tisch erschienen war. Sie schäumte innerlich vor Wut.

"Ich sagte schon, ich heiße Kirsch", meldete sich abschließend Mann Nummer zwei zu Wort. "Ich beteilige mich grundsätzlich nicht an solchen Duz-Geschichten, sondern möchte es für meine Person beim Sie belassen". Von den anderen am Tisch wurde das nach den bisherigen Erfahrungen als selbstverständlich hingenommen und nicht weiter kommentiert. Nur Siggi machte eine abfällige Bewegung mit den Lippen, die jedoch niemand auffiel.

Nach dem Dessert gingen Carola und Siggi nach oben zum Rauchen.

"Kommst Du mit, Vicky?", wandten sie sich an Victoria.

"Geht schon mal vor, ich komme nach", sagte sie an der Treppe zum Sonnendeck und schlug den Weg zur Kabine ein. Felicitas beschloss, sich wie zuhause nach dem Essen etwas hinzulegen.

"Warum hatte ich nicht auch den Mut, mich gegen das Du zu wehren?", haderte sie mit sich. Als sie kurz darauf das Zimmer betrat, bekam sie einen Schock. Überall lagen Carolas Sachen verstreut, auch im Bad. Um auf die Toilette gehen zu können, musste sie erst Carolas Haarbürste entfernen. Felicitas ekelte sich vor fremden Haaren, die auch im Waschbecken zu finden waren. Sie nahm angewidert einen Hygienebeutel aus dem Fach, stopfte die Bürste hinein und legte sie in Carolas Fach im Schränkchen. Mit spitzen Fingern und angefeuchtetem Papiertuch sammelte sie die Haare, tat sie ebenfalls in einen Beutel und warf ihn in den Abfalleimer. Es war ausdrücklich davor gewarnt worden, Dinge in der Toilette zu entsorgen. Diese könne verstopfen, was dann das ganze Schiff betreffen würde.

Auch Juliana wollte sich etwas auszuruhen. Es würde ein langer Abend werden. Alle am Tisch hatten sich für den Heurigen-Abend in Wien angemeldet. Victoria war mitgekommen, weil sie ihre Zigaretten im Zimmer vergessen hatte.

"Musst Du immer nach oben gehen und rauchen?",
äußerte sich Juliana missbilligend. "Wir wollen
doch nachher zusammen zum Heurigen fahren".

"Wer sagt denn, dass ich mit Dir fahre?", fuhr
Victoria sie an. "Du hast doch immer was an mir
auszusetzen, darauf habe ich heute Abend bestimmt
keine Lust. Außerdem habe ich mich schon mit
Carola verabredet. Der geht die ewig nörgelnde
Felicitas nämlich auch auf die Nerven". Sie
schnappte ihre Tasche und verließ ärgerlich den
Raum.

"Das ist also Dein Geburtstagsgeschenk", murmelte
Juliana niedergeschlagen und wischte sich eine
Träne von der Wange.

Victoria eilte die Treppe nach oben zu Carola und
Siggi und rauchte aufgebracht zwei Zigaretten hintereinander.

"Juliana?", fragte Carola und legte beruhigend ihre
Hand auf Victorias Arm.

"Wie üblich?" Siggi blickte teilnahmsvoll.

"Und wir sind erst den zweiten Tag unterwegs", ärgerte sich Victoria.

"Kommt, wir genehmigen uns einen Cocktail. Ich
lade Euch ein", sagte Siggi, "mit ein bisschen Alk
ist alles leichter zu ertragen". Er hakte sich bei
Carola und Victoria ein und schritt mit ihnen gemeinsam über das Sonnendeck Richtung Lounge.

"Habt Ihr gesehen, hinten spielen ein paar Leute
Shuffle-Board", bemerkte Victoria, "und wer sitzt
im Liegestuhl dabei und schaut zu?" Carola und

Siggi blickten erwartungsvoll. "Kirsch und die Gräfin".

"Interessant", meinte Carola. "Die hat doch sonst nur den Fotoapparat vor dem Gesicht. Und er bringt am Tisch kaum ein Wort über die Lippen. Komischer Kauz".

"Der wird seine Gründe haben", kommentierte Siggi mit seltsam fernem Gesichtsausdruck.

"Ich finde, die haben beide etwas Nebulöses", fügte Victoria hinzu, "ich bin sicher, dass uns auf der Reise noch die ein oder andere Überraschung erwartet".

"Na, da bin ich aber gespannt", lachte Carola. Siggi gab keinen Kommentar. Er schien plötzlich weit weg mit seinen Gedanken. Auch beim Cocktail in der Bar war er, im Vergleich zu sonst, ziemlich wortkarg und verzog sich bald nach unten.

"Ich gehe auch, will mir vor dem Abendessen noch die Haare waschen", meinte Carola, als sie leer getrunken hatte. "Außerdem muss ich noch ein bisschen aufräumen, falls das Felicitas nicht schon für mich getan hat". Victoria blieb an der Bar sitzen. Gedankenverloren betrachtete sie durch die gegenüberliegende Fensterfront die vorbeiziehende Landschaft. Sie hatte keine Lust, in die Kabine zu Juliana zu gehen. Der Ärger über ihre Schwester war kaum gemildert.

"Liebe Gäste, wenn Sie jetzt nach vorne schauen, können Sie bereits Wien erkennen", kam die Durchsage über das Bordmikrofon. "Wir werden um circa

18 Uhr an unserem Liegeplatz Nussdorf anlegen. Für Mitreisende, die nicht am Ausflug zum 'Kahlenberg' und 'Heurigen-Abend' teilnehmen, besteht die Möglichkeit, mit der Straßenbahn in die City zu fahren. Nähere Informationen erhalten sie am Reiseleiterstand. Die Gäste, die den Ausflug gebucht haben, bitten wir, zehn Minuten vor 19 Uhr an der Rezeption die Karten zu tauschen und ihr Audiogerät abzuholen. Wir fahren mit drei Bussen. Das Restaurant ist ab sofort für das Abendessen geöffnet. Wir wünschen Ihnen einen guten Appetit". Victoria atmete tief durch und begab sich zur Kabine, um sich vor dem Abendessen die Hände zu waschen.

"Zum Glück ist Juliana schon weg ins Restaurant", stellte sie dankbar fest. Sie hatte keine Lust auf eine weitere Diskussion. Im mittleren Teil des Flurs vernahm sie beim Vorbeigehen eine lautstarke Unterhaltung. Sie kam aus einer Kabine neben der Treppe, die zum Hauptdeck führte. Victoria war sich nicht ganz sicher, aber eine der Stimmen ähnelte sehr Siggis Tonlage. Während des Abendessens herrschte überwiegend Schweigen. Die beiden Männer kamen kurz hintereinander mit einiger Verspätung.

"Hoffentlich wird es beim 'Heurigen' nicht genauso trostlos", dachte Victoria.

Carola und Victoria waren nach dem Essen und der üblichen Verdauungszigarette direkt zum Bus gegangen. Juliana und Felicitas waren in einen der beiden anderen Busse eingestiegen.

"Du bist wohl auch nicht besonders glücklich, über den bisherigen Ablauf der Reise", wandte sich Juliana an Felicitas, als der Bus losgefahren war.

"Da hast Du recht", erwiderte die. "Aber ich hatte ja keinen Einfluss auf meine Kabinenpartnerin. Doch wieso habt Ihr diese Reise zusammen gebucht?" Juliana seufzte.

"Nun, es ist die Geburtstagsüberraschung meiner Schwester. Ich war wenig begeistert, als sie mir das Geschenk präsentierte".

"Du hast Geburtstag?", fragte Felicitas überrascht. "Während unserer Reise?"

"Ja, aber erst auf der Rückfahrt. Ich wollte das eigentlich geheim halten. Ich mag es nicht, so im Rampenlicht zu stehen."

"Ihr habt beide schöne Namen", versuchte Felicitas das Gespräch in andere Richtung zu lenken.

"Wir hatten ein sehr bescheidenes Zuhause in der ehemaligen DDR", erklärte Juliana. "Mit den königlichen Namen wollte unsere Mutter etwas Glanz in unser Leben bringen".

"Wir sind da", ertönte die Stimme der Reiseleitung über das Mikrofon. "Suchen Sie sich drinnen einen Platz. Getränke und Speisen werden serviert. Ich wünsche Ihnen einen fröhlichen Abend".

Felicitas und Juliana entdeckten Elena an einem Tisch und gesellten sich zu ihr. Victoria und Carola nahmen woanders Platz, worüber sowohl Felicitas als auch Juliana nicht unglücklich waren. Etwas später traf Herr Kirsch ein und setzte sich zu ihnen. Siggi blieb in dem Gewimmel von Leuten zunächst unentdeckt. Die Musik und der Wein lockerten die Stimmung und bald unterhielten sich alle angeregt, einschließlich Herrn Kirsch, sangen die Lieder mit und hakten sich unter zum Schunkeln. Zu fortgeschrittener Stunde erschien auch Siggi, merklich alkoholisiert. Er drückte sich neben Herrn Kirsch auf die Bank, woraufhin dieser für den Rest des Heurigenabends in eisiges Schweigen verfiel. Es war eindeutig, dass zwischen den beiden etwas vorgefallen sein musste. Die Heiterkeit am Tisch wandelte sich mit Siggis Eintreffen in Bedrücktheit.

Tag 3 Zwischen Brücken und Schleusen

Am nächsten Morgen waren kaum zwei Leute gleichzeitig am gemeinsamen Frühstückstisch. Juliana und Felicitas hatten sich zum Frühaufsteher-Frühstück verabredet. Danach nahmen sie am Stadtrundgang teil. Elena ging alleine auf Fototour. Unterwegs begegnete sie Herrn Kirsch. Er war jedoch, genau wie sie, nicht an Begleitung interessiert. Victoria und Carola hatten sich zusammen mit anderen Gästen vom Mittagessen abgemeldet, um Wien ebenfalls auf eigene Faust zu erkunden. Siggi blieb bis zum Abendessen verschwunden.

"Hast Du gestern Abend mitbekommen, wie seltsam sich Siggi beim 'Heurigen' benommen hat?", wandte sich Carola an Vicky, als sie sich in der

Nähe des Stephansdoms in einem Straßencafé eine Pause gönnten.

"Ja, habe ich auch bemerkt. Irgendetwas stimmt mit dem nicht. Und ich glaube, das hat was mit Kirsch zu tun."

"Wie kommst Du denn darauf?" Carola schaute interessiert zu Victoria.

"Ich habe gestern eine Auseinandersetzung in der Kabine neben der Treppe mitbekommen. Ich bin ziemlich sicher, dass einer der Streitenden Siggi war. Der wohnt ja eigentlich unten. Heute Morgen habe ich gesehen, wie Kirsch in diese Kabine ging."

"Das ist ja interessant. Was die beiden wohl miteinander zu tun haben?", ereiferte sich Carola. "Ich werde mich nachher mal an die Gräfin ranmachen, wenn wir wieder auf dem Schiff sind. Vielleicht kann ich sie etwas aushorchen. Die geht bestimmt wieder nach oben und knipst in der Landschaft rum. Möglicherweise hat sie was mitbekommen. Die unterhält sich öfter mal mit dem Kirsch".

Nachdem die MS Sultana am Nachmittag abgelegt hatte, begab sich Elena nach oben aufs Sonnendeck, wo laut Bordfunk zum Abschied von Wien 'Aperol Spritz' und 'Hugo' angeboten wurden. Sie wollte sich noch schnell ein Getränk holen, bevor das Schiff die zahlreichen Brücken passierte.

"Kopf runter!", herrschte sie ein Mann der Crew an, der jetzt selbst zwei Stufen weiter unten auf der Treppe stand. Im nächsten Moment fuhren sie unter der ersten Wiener Brücke durch. Wäre sie gestanden, hätten unter Umständen ihre Haare die Brücke gestreift. Der Abstand zwischen Führerhaus des Schiffes und Unterseite der Brücke betrug durch den hohen Wasserstand nicht mal einen halben Meter. Wie war das möglich? Sie war doch um einiges kleiner als das Führerhaus.

"Das will ich jetzt genau wissen!", beschloss Elena und ging weiter nach vorne, um sich das Phänomen aus der Nähe zu betrachten. Der nächste Donauübergang war noch etwas entfernt. Erst jetzt bemerkte sie, dass alle Sonnenschirme umgeklappt auf dem Boden lagen. Als sie beim Kapitän ankam, stellte sie fest, dass sich der Aufbau hydraulisch nach unten bewegen ließ. Er war fast einen ganzen Meter tief in den Boden versenkt. Bei der nächsten Brücke versuchte sie den geringen Abstand zum Schiff möglichst real aufs Bild zu bringen. Sie wiederholte das bei allen Brücken, unter denen sie durchfuhren, aus nächster Nähe. Dass Carola sie aufmerksam dabei aus einem Liegestuhl beobachtete, bemerkte sie nicht.

"Wenn sie doch mit ihrer gräflichen Birne an einer der Brücken hängen bliebe", dachte die böse, "dann würde ihre Kabine frei, ich könnte die gemeinsame Behausung verlassen und Felicitas und ich hätten endlich jede ihren eigenen Raum". Doch Elena schaffte es jedes Mal, wenn auch knapp, sich rechtzeitig zu ducken.

"Sag beim Abschied leise Servus", erklang melancholisch die von Bordmusiker Jan in der Lounge gespielte Melodie über den Lautsprecher.

"Jetzt gönne ich mir doch noch einen Hugo", beschloss Elena und ließ sich samt Getränk an einem der Tische nieder.

Gegen 19 Uhr erreichten sie die Schleuse Freudenau, die letzte in Österreich. Elena schnappte ihre Kamera, stellte sich an die Reling und hielt dieses Mal die Einfahrt per Video fest. Kapitän Zdenko, der sie von der Kapitänsbrücke aus beobachtet hatte, gesellte sich zu ihr.

"Haben Sie frei?", erkundigte sich Elena und blickte prüfend nach hinten zum Führerhaus.

"Ja, wir sind zu dritt, das ist Vorschrift. Schließlich ist es eine große Verantwortung, so viele Menschen zu befördern. Da muss man hoch konzentriert und ausgeruht sein".

"Besonders bei den Schleusen", lachte Elena. "Da leisten Sie ja Präzisionsarbeit", lobte sie anerkennend.

"Wie Sie beim Fotografieren", erwiderte der Käpt'n mit einem Lächeln das Kompliment.

"Schon, aber beim Fotografieren kann zum Glück nicht so viel passieren. Da ist höchstens das Bild kaputt. Aber wenn ich an die Zentimeterabstände in den Schleusen denke ..." Sie überlegte einen Moment, bevor sie die Frage stellte, die ihr schon die ganze Zeit durch den Kopf ging. "Ist eigentlich schon mal ein Schiff an die Schleusenwand angestoßen?" Kapitän Zdenko zögerte mit der Antwort.

"Das ist keine einfach zu beantwortende Frage. Es kam ein einziges Mal vor, dass ein Kapitän mit der

Schiffswand an die Schleusenmauer schrammte. Er konnte das nicht verkraften und hat sich in seiner Kabine erhängt". Die Information machte Elena tief betroffen.

"Oh, Frau Gräfin ist gerade beschäftigt", murmelte Carola spöttisch, nachdem sie Elena im Gespräch mit dem Kapitän entdeckte. "Da werde ich wohl noch eine Weile warten müssen mit meinem Verhör". Sie schlenderte scheinbar ziellos über das Deck und blieb dann wie zufällig in Höhe des Steuerhauses an der Reling stehen.

" …in seiner Kabine erhängt", bekam sie eben noch die letzten Worte des Kapitäns mit und beschloss, dass dies kein guter Zeitpunkt für Nachforschungen war. Außerdem verließ Elena gerade mit sehr nachdenklichem Gesicht das Sonnendeck. Carola brannte darauf, Victoria die aufgeschnappten Worte des Kapitäns mitzuteilen und folgte Elena mit einigem Abstand. Aber als sie zur Kabine kam, war Victoria bereits ins Restaurant gegangen.

Nach dem Abendessen ging Elena in ihre Kabine und schaute sich noch einmal die Fotos an. Sie beschloss, frühzeitig zu Bett zu gehen, um am nächsten Morgen die Einfahrt in Budapest fotografieren zu können.

Kurz vor Mitternacht klopfte es an ihre Kabinentür. Wer konnte das um diese Zeit sein? Vielleicht eine Verwechslung der Kabine? Sie lauschte. Es klopfte noch einmal, jetzt kräftiger. Unwillig schwang sie die Beine aus dem Bett und lief barfuß zur Tür.

"Wer ist denn da?" Ihre Stimme klang heiser.

"Carola. Mach mal auf!", kam es gepresst von der anderen Seite. Was wollte die denn mitten in der Nacht? Elena öffnete einen Spalt.

"Ich habe schon geschlafen. Ich will morgen früh raus, um die Einfahrt nach Budapest nicht zu verpassen."

"Ja, ja, die Frau Gräfin", spöttelte Carola. Sie drückte Elena einfach zur Seite, schob sich an ihr vorbei und ließ sich auf die Couch plumpsen. Sie stellte zwei Piccolos und zwei Sektgläser auf den kleinen Glastisch. "Habe ich aus der Bar geholt. Ich hatte Glück, die waren gerade dabei, dicht zu machen. Komm, setz Dich! Wenn er warm wird, schmeckt er nicht mehr". Sie öffnete eine Flasche und goss sich ein. Elena nahm im Sessel Platz und öffnete kapitulierend die zweite Flasche.

"Je schneller ich das hinter mich bringe, umso besser", dachte sie. Dass ihr Gegenüber schon reichlich Alkohol in sich hatte, war nicht zu übersehen. Carola blickte auf den Fotoapparat, der auf der Couch lag.

"Na, wie viele hast Du denn schon gemacht, Frau Gräfin? Damit hast Du Dich beim Käpt'n ja ganz schön eingeschmeichelt". Sie setzte das Glas an die Lippen und trank es in einem Zug leer. "Ohne Alkohol überstehe ich die Nächte mit Felicitas im Zimmer nicht. Sie schnarcht zwar nicht, aber die Atemgeräusche sind extrem". Sie leerte bereits das zweite Glas. Elena nippte an ihrem Kelch.

"Was ist, schmeckt er Dir nicht?" Carola stand auf, ging zum Fenster und öffnete ohne zu fragen Vorhänge und Schiebetüren. "Herrlich, diese Nachtluft! Würde ich bei uns drüben auch gern reinlassen. Aber da fängt Felicitas sofort demonstrativ an zu husten. Schau mal, was für ein toller Sternenhimmel. Willst Du den nicht fotografieren?"

"Die sind zu klein, da sieht man auf dem Foto gar nichts", erwiderte Elena. Sie stand auf und ging ebenfalls zum Fenster. Beide lehnten am Geländer und schauten nach oben.

"Gut, dass ich gekommen bin, sonst hättest Du das verpasst", grinste Carola sie an. Sie blickte in Fahrtrichtung. "Kommt da vorne nicht wieder eine Schleuse?" Elena lehnte sich etwas vor, um an ihr vorbeischauen zu können. Im selben Moment packte Carola sie mit der rechten Hand im Genick, zog ihren Kopf nach draußen, drückte ihn etwas nach unten und drehte ihn in Richtung Bug. Elena blieb die Luft weg. Sie versuchte krampfhaft, dagegen zu halten und sich mit den Händen am Geländer festzuklammern. Panische Angst erfasste sie. Dann ließ Carola sie abrupt los. Ihr Oberkörper schnellte hoch und kippte leicht nach hinten über.

"Bist Du wahnsinnig?", herrschte Elena sie an. "Ich dachte, Du kippst mich ins Wasser." Der Schwindel in ihrem Kopf war kaum zu ertragen.

"Ich habe kurz daran gedacht", erwiderte Carola mit todernstem Gesicht. Elena starrte sie entgeistert an. Carola brach in irres Gelächter aus, kugelte sich vor Lachen. "Jetzt müsstest Du Dich mal sehen. Das gäbe ein tolles Foto, Gräfin". Sie drehte sich auf dem Absatz um, und stürmte aus dem Raum.

"Die Frau ist wahnsinnig!", schoss es Elena durch den Kopf. Sie zitterte am ganzen Leib. Den restlichen Sekt kippte sie in die Donau, schloss Schiebetüren und Vorhänge und ließ sich zurück ins Bett fallen. Irgendwann schlief sie erschöpft ein mit Albträumen, aus denen sie immer wieder hochschreckte. Als der Wecker klingelte, fühlte sie sich wie durch den Wolff gedreht.

Carola stand rauchend an der Reling, als Elena am nächsten Morgen samt Fotoapparat zur Einfahrt in Budapest auf das Sonnendeck kam. Sie schien auf Elena gewartet zu haben und eilte sofort auf sie zu.

"Tut mir leid, dass ich Dich heute Nacht so erschreckt habe". Sie machte ein betrübtes Gesicht.

"Ich war nicht mehr ganz nüchtern, wollte eigentlich nur Spaß machen. Vielleicht habe ich ein bisschen übertrieben. Bist Du mir sehr böse?" Ihre Stimme klang zaghaft, fast weinerlich.

"Klopfe nie wieder an meine Zimmertür!", wies Elena sie ab. "Du kannst froh sein, wenn ich den Vorfall nicht melde". Damit ließ sie Carola stehen und gesellte sich nach vorne zu den anderen Fotografen.

Tag 4 Schattenseiten und Lichterglanz

"Ich kann Deine Unordnung nicht mehr ertragen!", schleuderte die sonst eher zurückhaltende Felicitas Carola entgegen, als sie nachmittags bei ihrer Rückkehr von der Stadtbesichtigung in Budapest in die Kabine kam. Carola saß mitten im Chaos vor dem Fernseher. "Überall lässt Du Deine Sachen rumliegen und Deine Kleider stinken nach Rauch. Deine Haare sind im Bad verteilt. Mich wundert, dass Du noch welche auf dem Kopf hast. Wenn Du nachts ins Zimmer kommst, wache ich jedes Mal auf, weil Du nicht leise sein kannst. Dann liege ich die halbe Nacht wach, während Du neben mir selig schläfst. So kann das nicht weitergehen!"

"Du bist eine verbitterte alte Frau", konterte Carola, "die an allem etwas zu nörgeln hat. Außerdem liege ich wach, wenn Du schläfst, weil mich Deine lauten Atemzüge, oder sollte ich besser sagen Deine Schnarchgeräusche, stören. Deshalb bleibe ich abends so lange weg, bis ich mich vor lauter Müdigkeit nicht mehr wachhalten kann". Sie holte tief Luft. "Mit Deinem Ordnungsfimmel übertreibst Du maßlos! Schließlich sind wir im Urlaub. Da sollte man alles etwas lockerer sehen. Daheim hast Du wahrscheinlich niemand, den Du schikanieren kannst. Jetzt meinst Du, Deine Unzufriedenheit an mir auslassen zu müssen".

"Das lasse ich mir nicht vorwerfen!" Felicitas kochte vor Wut. "Ich komme mit allen Menschen gut aus, zu Hause und auch hier auf dem Schiff. Warum musste ich ausgerechnet an Dich als Zimmerpartnerin geraten? Du verleidest mir die ganze Reise!"

"Dann frag doch mal Elena, ob Du bei ihr einziehen kannst. Bei der ist noch eine Schlafgelegenheit frei. Vielleicht hat sie Mitleid und gewährt Dir Asyl".

Damit verließ Carola wütend das Zimmer und klopfte zwei Kabinen weiter bei Victoria und Juliana an. Juliana öffnete einen Spalt breit die Tür.

"Ist Victoria da?" Ihre Stimme verriet den vorangegangenen Ärger. Juliana machte ein unglückliches Gesicht.

"Sie ist nach oben. Wir hatten nach dem Ausflug eine kleine Meinungsverschiedenheit."

"Na, da kannst Du Dich ja mit Felicitas zusammentun. Die hat mir eben auch gerade die Leviten gelesen". Sie ließ Juliana stehen und stürmte an Deck. Juliana ging zu Felicitas.

"Was war denn bei Euch los? Carola war eben ganz außer sich".

"Komm rein!". Felicitas zog sie nach drinnen und schloss die Tür. "Die anderen brauchen das nicht mitbekommen. Ich habe mich so auf diese Reise gefreut", jammerte sie, "und jetzt ist ein Tag schlimmer als der andere. Sogar aus der Kabine will sie mich schmeißen, weil ich ihr ihre Unordnung vorgeworfen habe. Schau Dir das an, wie es hier aussieht. Ich soll Elena fragen, ob ich zu ihr in die Kabine kann".

Juliana überlegte.

"Vielleicht wäre das eine Lösung", sagte sie nachdenklich. Felicitas blickte sie mit großen Augen an.

"Du meinst wirklich ...?"

"Victoria und Carola hängen doch sowieso ständig zusammen. Da könnten sie doch auch das Zimmer miteinander teilen. Und Du kommst zu mir. Damit wäre wahrscheinlich allen geholfen. Was hältst Du davon? Soll ich Victoria fragen, ob sie einverstanden ist?" Auf Felicitas' Gesicht zeigte sich ein schwacher Hoffnungsschimmer.

"Hat es bei Euch auch gekracht?", empfing Victoria Carola, als sie oben mit wutschäumendem Blick ankam. Carola gab keine Antwort, zündete sich fahrig eine Zigarette an und rauchte sie in hastigen Zügen. "Noch so eine Szene und ich bringe sie um!", stieß sie wütend hervor. "Was bildet die sich ein? Ich habe die Reise genauso gewonnen wie sie. Dauernd meckert sie an mir rum und macht mir Vorschriften, wie ich mich verhalten soll. Das geht mir tierisch auf den Geist. Es ist nicht zum Aushalten!"
"Bei uns ist es nicht viel anders. Vor den anderen Leuten tut Juliana so, als wäre alles in Butter. Aber kaum sind wir alleine, spielt sie sich als die große Schwester auf und hält mir vor, was ihr alles nicht passt. Sie ist eifersüchtig, wenn ich mit Dir, Siggi oder anderen Leuten rede oder mich in der Lounge nicht an ihren Tisch setze. Sie beschwert sich laufend, dass ich mich nicht rund um die Uhr um sie kümmere, obwohl die Reise doch mein Geburtstagsgeschenk wäre. Aber wir müssen uns doch nicht wie siamesische Zwillinge ständig auf der Pelle hocken. Ich bin gewohnt, mich frei und unabhängig zu bewegen. Das hat Juliana nie gelernt."

Natürlich waren den Reiseleitern und dem Hotelmanager die Konflikte, die sich zwischen den Schwestern aus Thüringen und zwischen den beiden Gewinnerinnen abspielten, nicht verborgen geblieben. Sie hatten deswegen im Team auch schon eine Krisensitzung abgehalten. Aber letztendlich wussten sie keinen Rat.

"So etwas ist immer schlecht für die Stimmung an Bord", folgerte Danny. Wir können nicht riskieren, die Situation eskalieren zu lassen".

Als alle vier dann vor dem Abendessen gemeinsam zum Reiseleitertisch kamen, waren Lutz und Danny aufs Höchste angespannt. Nach dem Essen tauschten Felicitas und Victoria das Zimmer. Carola und Juliana halfen beim Umzug, da alle zur nächtlichen Lichterfahrt angemeldet waren.

"Gott sei Dank ging das ohne unser Eingreifen", bemerkte Danny sichtlich erleichtert zu Lutz. Die folgenden Reisetage schienen gerettet. Die Fahrt durch das beleuchtete Budapest hoch zur 'Fischer Bastei', von der aus man das Panorama der Stadt bewundern konnte, verlief ohne weitere Zwischenfälle. Bei einem Glas Sekt und landestypischer Musik saß die ganze Tischrunde friedlich beieinander. Selbst Herr Kirsch wirkte an diesem Abend gelockert und unterhielt sich intensiv, hauptsächlich mit Felicitas, Juliana und Elena. Nur einer der Tischrunde fehlte. Siggi kam nicht mit zum Ausflug, sondern verschwand nach dem Abendessen in die Bar.

Tag 5 EU und Schengenraum

In der Nacht zog sich der Himmel zu und am Morgen goss es in Budapest in Strömen. Elena, Felicitas und Juliana besuchten trotz Regen die Markthalle nahe der Anlegestelle. Herr Kirsch begleitete sie bis zur Kettenbrücke, schlug dann aber den Weg über die Brücke zur Besichtigung des Gellert-Bades ein. Victoria und Carola blieben an Bord und unterhielten sich in der Lounge. Auch Siggi ließ sich kurz dort blicken, fragte wie beiläufig, was die anderen geplant hätten, und verließ dann ebenfalls das Schiff. Knapp vor der geplanten Abfahrt erschien er, heftig diskutierend und gestikulierend mit Herrn Kirsch am Anleger. Sie wurden schon sehnsüchtig erwartet. Gleich darauf legte die MS Sultana zur Weiterfahrt nach Mohacs ab. Beim Mittagessen, das unmittelbar nach dem Ablegen serviert wurde, blieben zwei Stühle leer. Weder Herr Kirsch noch Siggi ließen sich blicken. Siggi fehlte auch beim Abendessen. Herr Kirsch war, wie gewohnt, wortkarg und zog sich noch vor dem Dessert mit einer Entschuldigung in seine Kabine zurück.

Am Himmel strahlten bereits wieder die Sterne, als sie Mohacs, den Grenzkontrollpunkt für die Ausreise aus dem Schengenraum erreichten. Während der persönlichen Passkontrolle war der Aufenthalt im Bereich der Rezeption nicht gestattet. Dort hatten zwei Grenzbeamte Platz genommen und prüften zunächst die Crew. Danach folgten die Gäste. Der

Aufruf zum Erscheinen erfolgte von unten nach oben, zunächst an die Kabinen des Hauptdecks. Danach wurden das Mitteldeck und zum Schluss das Oberdeck zur Kontrolle gebeten. In einer Prozession zogen die Passagiere nach Nennung des Namens durch den Hotelmanager an den Grenzern vorbei, wurden von ihnen beäugt und das jeweilige Gesicht mit dem Foto in dem durch den Rezeptionisten Mirko gereichten Pass verglichen. Das ganze Prozedere verlief schnell und reibungslos. Nur eine Kabinennummer musste mehrfach aufgerufen werden, selbst als Mittel- und Oberdeck bereits abgefertigt waren. Es war Siggis Nummer. Er erschien mit starker Alkoholfahne, gab an, sich nicht wohlgefühlt zu haben und auf dem Bett fest eingeschlafen zu sein.

Tag 6 Geheimnisse und Spurensuche

"Sag mal, ist Dir auch schon aufgefallen, dass sich Siggi immer merkwürdiger verhält?", wandte sich Carola am Morgen beim Schminken durch die offene Badtür an Victoria, die noch im Bett lag. "Außerdem trinkt er erheblich mehr, als am Anfang".
"Ich denke, da kommt noch was auf uns zu", bestätigte Victoria, "Ich frage mich, warum er diese Reise gebucht hat. Ich werde das Gefühl nicht los, dass es etwas mit Kirsch zu tun hat."
"Meinst Du, die kannten sich schon vorher?", überlegte Carola, die sich wieder ins Bad verzogen hatte.

"Du kannst mich jetzt für verrückt erklären, aber ich meine, eine gewisse Ähnlichkeit zwischen den beiden entdeckt zu haben", mutmaßte Victoria.

"Du meinst, die sind vielleicht verwandt?", staunte Carola, "das wäre ja ein Ding. Ich muss mich doch noch mal an Elena ran machen. Du kannst ins Bad. Ich bin fertig. Ich geh schon mal nach oben. Vielleicht erwische ich sie alleine". Als sie ins Restaurant kam, waren alle Gedecke bis auf ihres, Victorias und Elenas bereits abgeräumt. Verdrießlich trank sie ihren Kaffee. Dass ihre geplante Aktion schon wieder ins Leere lief, raubte ihr den Appetit.

"Du sitzt ja ganz alleine hier", bemerkte Victoria spöttelnd, als sie wenig später an den Tisch kam.

"Frau Gräfin gedenken wohl noch zu ruhen", reagierte Carola bissig. Elena kam erst spät zum Frühstück. Sie war nach der nächtlichen Passkontrolle noch lange wach im Bett gelegen und erst gegen morgen eingeschlafen. Sie verzehrte wortkarg die am Frühstücksbuffet ausgesuchten Delikatessen und verschwand danach wieder in der Kabine.

"Mist!", ärgerte sich Carola, als sie mit Victoria das Sonnendeck inspizierte, "wahrscheinlich steht sie jetzt wieder unten an der offenen Balkontür und knipst".

Um die Mittagszeit traf die MS Sultana in Belgrad ein. Victoria hatte schon daheim die Stadtrundfahrt für sich und Juliana gebucht. Auch Elena und Herr Kirsch nahmen daran teil. Unmittelbar nach dem Mittagessen ging es zu den bereitstehenden Bussen.

So konnte Carola Elena wieder nicht ausfragen. Sie war daher ziemlich gefrustet und ließ Felicitas, die mit ihr ein Gespräch beginnen wollte, frostig abblitzen. Gelangweilt setzte sie sich neben Siggi an die Bar. Nach dem dritten Cocktail beschloss sie, ihn auf seine Beziehung zu Kirsch anzusprechen.

"Sag mal, was hältst Du eigentlich von Kirsch?", versuchte sie, sich an die Sache ran zu tasten. Siggis Kopf fuhr herum.

"Lass mich bloß in Ruhe mit dem! Der scheinheilige Kerl". Er nahm sein noch fast volles Bierglas, leerte es in einem Zug und hielt es dem Barkeeper zum Befüllen hin.

"Kanntet Ihr Euch schon vor der Reise?", nahm Carola noch mal Anlauf, aber Siggi gab ihr einen Korb.

"Kein Kommentar! Lass uns von was anderem reden, ich bin froh, dass er heute Mittag nicht hier ist".

"Verdammt!", dachte Carola, "jetzt hat er mich noch neugieriger gemacht. Ich muss unbedingt wissen, was die beiden verbindet". Aber ihr war klar, dass sie jetzt aus Siggi nichts herausbekommen würde. Als später die Restauranttüren für das Abendessen geöffnet wurden, erschienen beide sichtlich betrunken. Selbst Victoria rümpfte mit einem unverkennbar verächtlichen Blick die Nase. Sie hatte ohnehin beim Ausflug beschlossen, sich an diesem Abend ihrer Schwester zu widmen.

"Schade, dass Du nicht dabei warst", wandte sich Juliana an Felicitas, als sie nach dem Essen gemeinsam die Kabine aufsuchten. Es war sehr interessant und oben von der Burg aus hatte man in alle Richtungen einen herrlichen Blick auf Belgrad. Außerdem war die Stimmung unterwegs so harmonisch wie noch nie. Ich habe mich deshalb entschlossen, doch in meinen Geburtstag hinein zu feiern. Wir treffen uns in einer halben Stunde in der Lounge. Victoria geht schon vor und reserviert einen Tisch für uns. Es wäre schön, wenn Du auch mitkommen würdest. Auf Carola und Siggi kann ich allerdings nach dem Auftritt beim Abendessen gerne verzichten. Heute ist 'Bunter Abend'. Ich habe gehört, dass einige Leute der Crew Sketche vorbereitet haben. Das wird bestimmt lustig".

Victoria hatte dem Bordmusiker einen Tipp gegeben. Pünktlich um Mitternacht sang er den Udo-Jürgens-Song 'Mit sechsundsechzig Jahren, da fängt das Leben an'. Juliana war tief gerührt. Vielleicht hatte sie ihrer Schwester doch unrecht getan.

Obwohl sie durch die Geburtstagsfeier erst nach Mitternacht ins Bett kamen, standen Juliana und Felicitas bereits um 7 Uhr oben an Deck, um sich die von Danny angekündigten Schönheiten der 'Kataraktenstrecke' und das 'Eiserne Tor' nicht entgehen zu lassen. Auch Elena war wie gewohnt oben und fotografierte. Neben ihr bewunderten Victoria und Herr Kirsch das in Stein gehauene Abbild des Daker Königs 'Decebalus', die 'Tabula Traiana' zu Ehren des römischen Kaisers Trajan (100 n. Chr.) sowie das Kloster 'Mraconia', in dem nur ein einziger Mönch lebt. Victoria nutzte die Gelegenheit und versuchte, etwas über Herrn Kirsch in Erfahrung zu bringen.

"Ist das nicht hoch interessant, was man bei so einer Flusskreuzfahrt zu sehen bekommt?", begann sie vorsichtig.

"Stimmt! Ich bin überwältigt. So abwechslungsreiche Landschaften und kulturell vielseitig", begeisterte er sich.

"Ist es Ihre erste Flusskreuzfahrt?", hakte sie nach.

"Ja, es sollte eigentlich die Jubiläumsreise anlässlich unserer 'Goldenen Hochzeit' werden. Aber meine Frau ist im Frühjahr verstorben".

"Oh, das tut mir leid", beeilte sich Victoria, ihr Mitgefühl zu bekunden.

"Ich wollte die Reise stornieren. Aber dann dachte ich, dass sie das nicht gewollt hätte. In meinen Gedanken ist sie bei mir".

"Jetzt verstehe ich auch, warum Sie oft so nachdenklich und in sich gekehrt wirken", bemühte sie sich, Verständnis zu zeigen.

"Das hat allerdings noch andere Gründe". Seine Stimme war nun rau. "Aber darüber möchte ich nicht sprechen. Schauen wir uns lieber die schöne Gegend an".

"Ich habe es gewusst, dass da etwas nicht stimmt", fühlte sich Victoria insgeheim bestätigt. Aber es hatte keinen Zweck, weiter zu bohren. Das Frühstück verlief dementsprechend wieder einsilbig. Nach dem Mittagessen entdeckte Victoria Herrn Kirsch beim Vorbeigehen am Fenster der Vinothek.

Sie beschloss, Carola nichts von ihrer Unterhaltung zu berichten.

Juliana, Felicitas und Elena zogen sich nach dem Essen wieder in ihre Kabinen zurück. Carola und Victoria genossen die Aussicht in Liegestühlen auf dem Sonnendeck. Siggi saß alleine an einem Tisch, rauchte und starrte in die Luft.

"Hast Du etwas rausbekommen?", richtete Carola plötzlich das Wort an Victoria.

"Was meinst Du?", Victoria tat so, als wüsste sie nicht, worauf Carola hinauswollte.

"Ich habe gesehen, dass Du Dich heute Morgen mit Kirsch unterhalten hast", klang es argwöhnisch aus dem anderen Liegestuhl.

"Wir haben uns über die Sehenswürdigkeiten ausgetauscht", wich Victoria aus.

"Und sonst nichts? Das glaube ich nicht. Du hast doch sicher mit ihm noch über andere Dinge geredet", klang es jetzt vorwurfsvoll. "Seit Belgrad bist Du irgendwie anders. Hängst dauernd mit den anderen rum. Bin ich Dir nicht mehr gut genug?"

"Ach Carola!", seufzte Victoria. "Du bist auch nicht mehr die Gleiche wie am Anfang. Dein Alkoholkonsum hat drastisch zugenommen, seit Du ständig mit Siggi zusammen bist. Das ist Deine Sache. Aber ich habe keine Lust, mich in etwas mit reinziehen zu lassen". Sie stand auf und ging in die Lounge, wo jetzt Nachmittagskaffee angeboten wurde. Juliana, Felicitas und Elena saßen bereits an einem Tisch und winkten sie zu sich.

"Dumme Ziege!", schimpfte Carola hinter ihr her.
"Von mir erfährst Du auch nichts mehr!"

Tag 7 Piraten und scharfe Messer

Als Felicitas, Juliana und Victoria zum Abendessen
beim Restaurant ankamen, wurden die Türen gerade
geöffnet. Victorias Aufmerksamkeit richtete sich
auf den Hotelmanager, der im schwarzen T-Shirt
mit Totenkopf und darunter gekreuzten Gebeinen
ein Stück Tau in den Händen hielt, welches er ihr
und einigen Gästen scherzend um den Hals legte.
Anstelle des Restaurantmanagers, wie sonst üblich,
erwartete die Gäste am Eingang der Koch, ebenfalls
im Seeräuber-Outfit mit roter Jacke und einem um
den Kopf gebundenen schwarzen Tuch. Mit schel-
mischem Blick wetzte er intensiv ein großes
Messer. Juliana gab Victoria einen leichten Knuff
und wies schmunzelnd auf den Küchenchef.
"So ein Messer könnte ich gebrauchen", flüsterte sie
ihr mit verstohlener Miene zu. "Das wäre ein gutes
Mitbringsel für meinen Sohn", wandte sie sich er-
klärend an Felicitas. "Er ist Hobbykoch und beschwert sich immer, dass ich kein ordentliches Gerät im Haushalt habe. Aber diese Messer sind sünd-
haft teuer".

Die gesamten Crewmitglieder waren als Piraten
verkleidet. Auch die Tische waren mit entsprechenden Utensilien eingedeckt. Als Aperitif wurde Pira-
ten-Bowle mit und ohne Alkohol angeboten. Auf

der Speisekarte standen Seeräuber Gerichte aus der Kombüse.

Als Vorspeise gab es einen 'Freibeuter Snack', danach 'Pirat Augenklappen Joe's feuriger Suppentopf', als Hauptgericht konnte man aus den 'Bunten Schätzen vom letzten Beutezug' wählen. Danach ging es beim Abräumen des Geschirrs etwas hektisch zu. Plötzlich waren alle Servicekräfte in der Küche verschwunden. Die Beleuchtung wurde gedimmt, dann erklang aus dem Lautsprecher Musik. Ein Geburtstagsständchen singend erschienen aus der Küche nacheinander der Küchenchef, die gesamte Restaurant-Crew, die beiden Reiseleiter und der Hotelmanager. Der Koch, als Anführer der Polonaise, trug eine kleine Torte mit Funken sprühendem Feuerwerk, alle anderen folgten mit angezündeten Wunderkerzen in den Händen. Sie umrundeten zunächst die Tische im oberen Speisesaal, dann die im unteren und blieben schließlich, unter dem Beifall der Truppe und aller Gäste, neben Juliana stehen. Die war völlig aus dem Häuschen. Damit hatte sie nicht gerechnet. So gab es an diesem Tisch zum Dessert neben dem 'Leckeren aus Captain Barbarossas süßer Rache' für jeden noch ein Stück Torte. Carola und Siggi warteten vergeblich auf eine Einladung in die Lounge. Dass die Geburtstagsfeier bereits am Abend zuvor stattgefunden hatte, war ihnen entgangen. Etwas deprimiert blieben sie am Tisch sitzen, nachdem sich alle bereits erhoben hatten. Siggi ließ seinen Blick über den Tisch schweifen.

"Was ist, gehen wir auch?", wandte sich Carola an ihn.

"Aber auf Shantys habe ich keine Lust", stellte er klar.

"Wir können uns ja etwas aus der Bar holen und nach oben gehen", schlug Carola vor und ging Richtung Ausgang. Siggi schnappte sich blitzschnell ein Taustück aus der Dekoration und ließ es in seiner Hosentasche verschwinden.

Zum Abschluss des Tages bot der Koch eine Küchenführung mit 'Nachtsnack' an. "Das wird mir zu spät", sagte Felicitas zu Juliana, "aber wenn es Dich interessiert, kannst Du gerne hingehen". Sie saßen beide in der Lounge und hörten den Seemannsliedern zu, die Jan zum Besten gab. "Interessieren würde es mich schon, aber ich bin auch müde. Die letzte Nacht war schon ziemlich kurz und die Nächste wird es wegen der Passkontrolle bei Wiedereinreise in die EU vermutlich auch", erwiderte Juliana. "Nein, ich gehe nach dem Programm mit Dir in die Kabine".

Victoria hatte sich das Fernsehprogramm angeschaut. Sie klopfte bei Elena an die Tür.

"Was meinst Du, wollen wir die Küche begutachten? Carola scheint wieder mit Siggi in der Bar abzuhängen und Juliana und Felicitas sind zu müde."

"Aber klar", freute sich Elena über die Begleitung. "Ich wollte schon immer mal sehen, wie es in so einer Restaurantküche aussieht. Man kennt die ja sonst nur aus dem Fernsehen".

Als sie unten ankamen, standen die Gäste schon dicht gedrängt und folgten den Ausführungen des Kochs.
"Schade, da sieht man ja überhaupt nichts", bemängelte Elena. Victoria, die fast einen Kopf größer war, nahm sie bei der Hand und zog sie hinter sich her an den Leuten vorbei ans hintere Ende der Küche. Dann drückte sie mit einem "Verzeihung, die Dame sieht nichts", Elena nach vorne. Sie selbst blieb im Hintergrund.
"Mir wird es hier langsam zu heiß", flüsterte sie etwas später Elena zu, die sich gerade von der Knoblauchsoße auf zwei Calamares träufelte, "ich geh noch mal hoch an Deck". Das Interesse der Besucher hatte sich inzwischen vom Kochbereich mehr in Richtung Nachtischangebot verlagert. Sie drängte sich an der Menge vorbei Richtung Ausgang.
"Da wird Juliana Augen machen", lächelte sie still, als sie kurz darauf wieder im Restaurant erschien und zielstrebig auf ihren Tisch zusteuerte. Sie ging in die Hocke, schob die Handtasche unter den Tisch, kroch selbst unter das weit herunterhängende Tischtuch und machte sich unter der Tischplatte zu schaffen. Dass sie dabei von Siggi beobachtet wurde, bemerkte sie nicht. Die Küchenbesichtigung, bei der er sich bewusst hinter anderen Gästen versteckt hatte, löste sich gerade auf.

"Was machst Du da?", fragte Elena erstaunt, die Victoria entdeckt hatte und nun auf den Tisch zusteuerte. Victoria griff reaktionsschnell ihr Feuerzeug und ließ es auf den Teppich fallen.

"Ach, da ist es ja!" Sie kroch unter dem Tisch hervor und zeigte es Elena. "Ich wusste, dass ich es nur hier verloren haben kann. Gehst Du noch kurz mit nach oben?" Sie hakte sich bei Elena unter.

"Ich bin reif fürs Bett", lehnte diese ab und zum Servicemanager, der an der Tür des Restaurants stand, um die Küchenbesucher zu verabschieden: "Das war hoch interessant. Sagen Sie dem Koch vielen Dank für die aufschlussreichen Erklärungen".

Siggi machte ebenfalls einen Abstecher zum Tisch und tat so, als würde er durch die Glasscheibe den Abendhimmel betrachten. Nachdem er sich vergewissert hatte, dass ihn niemand beobachtete, tastete er prüfend unter die Tischplatte. Er löste das Klebeband, mit dem Victoria etwas dort befestigt hatte, rollte es lose zusammen und verbarg den gelösten Gegenstand unter seinem Pulli.

"Das war absolut die letzte Küchenführung, die ich gemacht habe!", schimpfte der Koch aufgebracht, als der Servicemanager nach Schließung der Restauranttüren nach unten in die Küche kam. "Fast jedes Mal fehlt anschließend etwas."

"Reg Dich nicht auf! Es hat doch alles prima geklappt und die Leute waren begeistert", reagierte der Servicemanager beschwichtigend. "Was fehlt denn?" Der Koch deutete wütend an die Wand.

"Da schau selbst! Das Mittlere ist weg. Jemand hat die Gelegenheit genutzt und es geklaut. Das war eines meiner Besten!"

Er wandte sich an die Umstehenden. "Hat einer von Euch etwas beobachtet?" Alle schüttelten betreten die Köpfe.

"Wie auch", meinte der Servicemanager, "die Küche war ja proppenvoll, alle standen dicht gedrängt und wir haben, genau wie die Leute, Deinem Vortrag und den Fragen der Gäste zugehört. Jetzt mach keinen Aufstand. Ich sorge dafür, dass Du ein neues bekommst".

"Da ist das letzte Wort noch nicht gesprochen", beharrte der Koch und ging mit seiner Mannschaft ans Aufräumen.

Tag 8 Entfernung und Entdeckung

Gegen 7 Uhr am nächsten Morgen legte die MS Sultana in Novi Sad, der zweitgrößten Stadt Serbiens an. An dem hier geplanten zweistündigen Stadtrundgang nahmen nur etwa die Hälfte der Leute teil. Siggi verließ mit der Rundganggruppe das Schiff, schlug dann aber eine andere Richtung ein, wie Elena bemerkte, die sich zum Fotografieren wieder auf eigene Faust durch die Straßen bewegte. Die anderen genossen die Zeit bei einem ausgiebigen Frühstück. Das Gedeck von Herrn Kirsch blieb unbenutzt. Keiner hatte ihn seit dem Piratenabend gesehen.

Kurz vor der geplanten Weiterfahrt um 10 Uhr kamen die Teilnehmer des Stadtrundgangs zurück, tauschten Ausgangskarte gegen Kabinenkarte und gaben die Ausweise zurück.

"Eine Person fehlt noch", stellte Mirko an der Rezeption fest.

"Vielleicht in dem Getümmel bei der Rückkehr vorhin vergessen, die Karte zu tauschen?", hoffte Danny, "ruf mal die Kabinennummer an die Rezeption". Die entsprechende Durchsage erfolgte mehrfach hintereinander. Danny verglich mit der Liste der Leute, die den Stadtrundgang gebucht hatten.

"Der ist nicht dabei. Er muss wohl alleine losgegangen sein. So ein Mist! Ausgerechnet hier! Das gibt Ärger bei der Revision. Dabei haben wir ausdrücklich gesagt, dass die Leute pünktlich an Bord sein müssen. Wer weiß, wann der hier ankommt, falls er sich verlaufen hat."

"Wenn er sich verlaufen hat", meinte Lutz mit vielsagendem Gesichtsausdruck. "Vielleicht sitzt er auch gemütlich in einer Kneipe und erinnert sich nicht mehr daran, dass er mit dem Schiff unterwegs ist".

"Dann bleibt nichts übrig, als Vermisstenanzeige zu erstatten. Wir können unmöglich noch länger hier liegen bleiben", bestimmte der Kapitän, der sich nach dem Grund für die Verzögerung erkundigt hatte. "Unser Zeitplan ist jetzt schon durcheinander. Dann wird es noch später mit der Grenzkontrolle in Mohacs. Und wir kriegen die Gäste nicht wach". Es sprach sich am Tisch schnell rum, dass Siggi in Novi Sad nicht aufs Schiff zurückgekehrt war.

"Ich habe ihn noch kurz gesehen", meldete sich Elena bei Danny, "aber er ist in eine andere Richtung gelaufen. Hoffentlich ist ihm nichts passiert".

Die Stimmung beim Mittag- und Abendessen war gedrückt. Auch bei diesen Mahlzeiten blieb das Gedeck von Herrn Kirsch unberührt.

"Ob er sich bei dem Piratendinner den Magen verdorben hat?", überlegte Juliana mit fürsorglicher Miene am Abend. "Vielleicht sollte mal jemand nach ihm schauen".

"Ich werde das Gefühl nicht los, dass das Verschwinden von Siggi und das Fernbleiben von Kirsch bei den Mahlzeiten etwas miteinander zu tun haben", mutmaßte Carola bestimmt.

"Woraus schließt Du das?", wollte Victoria wissen. Sie hatten seit der Auseinandersetzung an Deck kaum etwas miteinander gesprochen.

"Siggi hat so eine Andeutung gemacht, als wir zusammen an der Bar saßen", erinnerte sie sich. "Aber er war schon ziemlich betrunken. Da habe ich dem Ganzen keine Bedeutung beigemessen".

"Was für eine Andeutung?", hakte Victoria nach. Alle schauten gebannt auf Carola.

"Der Kirsch sei an allem schuld, an seiner traurigen Kindheit, am Tod seiner Mutter im Frühjahr, die er nach langer Suche erst kurz zuvor aufgespürt hat…"

"Moment mal", erinnerte sich jetzt Victoria. "Kirsch hat mir oben bei der 'Kataraktenstrecke' erzählt, dass seine Frau im Frühjahr verstorben ist. Eigentlich wollten sie die Reise anlässlich ihrer 'Goldenen Hochzeit' machen".

"Ach, das war es, was Du mir verschwiegen hast", höhnte Carola. "Wenn das mal nicht zusammenpasst."

"Mir hat Siggi bei der ersten Schleuse erzählt, dass er auf dem Schiff aufgewachsen sei", meldete sich jetzt Elena zu Wort.

"Ja, irgendetwas von Pflegeeltern hat er auch erwähnt. Und dass sein Vater ihn nicht wollte und deshalb seine Mutter gezwungen hätte, ihn wegzugeben. Aber es klang alles so unwirklich und ohne Zusammenhang", äußerte Carola nachdenklich. Einem plötzlichen Impuls folgend schob Victoria diskret ihre Hand unter die Tischplatte.

"Was hast Du?", erschrak Juliana, "Du bist ja auf einmal ganz blass". Victoria erhob sich ruckartig.

"Entschuldigt bitte, das ist alles zu viel für mich. Ich brauche jetzt frische Luft. Wenn jemand mein Dessert haben möchte …" Sie nahm ihre Tasche und verließ mit eiligen Schritten das Restaurant.

"Mir ist der Appetit auch vergangen", meldete sich Felicitas kaum hörbar zu Wort. Sie stand auf, Juliana folgte ihr. "Jetzt mache ich mir auch Sorgen um Herrn Kirsch", gestand sie Juliana in der Kabine. "Meinst Du, wir sollten Danny bitten, nach ihm zu sehen?"

"Der hat bestimmt jetzt alle Hände voll zu tun mit der Vorbereitung für das Abendprogramm", entschied Juliana. "Und außerdem ist nachher die Kontrolle bei der Einreise in die EU. Da müssen wir ja alle persönlich erscheinen, auch Herr Kirsch. Wir sollten uns lieber hinlegen und versuchen, ein wenig zu schlafen. Sonst ist die Nacht wieder so kurz".

"Was hast Du heute Abend vor?", wandte sich Carola hoffnungsvoll an Elena. "Wir müssen ja irgendwie die Zeit totschlagen bis zu dieser blöden Kontrolle in Mohacs. Kommst Du mit in die Lounge zum 'Bunten Abend'?"
"Ja, ich glaube, ich brauche jetzt auch etwas Ablenkung", beschloss Elena, "ich muss nur noch kurz in der Kabine vorbei. Du kannst schon mal vorgehen und nach einem Tisch schauen". Auf dem Weg zur Kabine begegnete ihr Victoria.
"Geht es Dir wieder besser?", fragte sie teilnahmsvoll.
"Diese Reise ist der reinste Horror!", antwortete Victoria erregt. "Wie konnte ich nur auf die verrückte Idee mit dem Geburtstagsgeschenk kommen? Ich bin froh, wenn wir das Schiff wieder verlassen". Sie ließ Elena stehen und ging in die Kabine.
"Hast Du schon was bestellt?", erkundigte sich Elena, als sie Carola entdeckte.
"Ja, 'Bloody Mary'. Was nimmst Du?"
"Mir ist jetzt mehr nach einem 'Cool Guardian'", meinte Elena mit schwachem Lächeln. "Wer weiß, was für Überraschungen noch auf uns warten".
"Bist Du mir noch böse?", wollte Carola wissen.

"Begraben wir das!", entschied Elena entschlossen. "Ich hoffe, der Rest der Reise wird harmonischer!" Sie sog hingebungsvoll an ihrem Röhrchen.

"Liebe Gäste, es ist jetzt 23 Uhr", wandte sich Danny über das Bordmikrofon an die Reisenden. "In Kürze erreichen wir Mohacs. Bitte begeben Sie sich nun in Ihre Kabinen und halten sich dort für die Passkontrolle bereit. Die Kabinennummern werden genau wie bei der Ausreise deckweise aufgerufen. Wir bitten dann um umgehendes Erscheinen und um absolute Disziplin im Bereich der Rezeption, damit wir die Einreiserevision schnell hinter uns bringen.

"Also dann", verabschiedete sich Carola an ihrer Kabine, "und - falls wir uns nicht mehr sehen", sie öffnete die Tür und vollendete, ohne sich umzudrehen: "Eine restliche gute Nacht".

"Dir auch", antwortete Elena im Weitergehen, aber die Tür war bereits wieder geschlossen.

Elena öffnete die Glastüren zum französischen Balkon und spähte nach draußen. Das Schiff hatte bereits angelegt, aber es war kaum etwas zu erkennen. Sie schaltete den Fernseher an, um sich wach zu halten. Kurz danach begannen die Durchsagen. Die Gesichtskontrolle ging zügig vonstatten. Alle waren bemüht, keine Verzögerung aufkommen zu lassen, damit die MS Sultana so schnell wie möglich zur nächsten Station 'Kalocsa' weiterfahren konnte.

Von dort aus war ein Ausflug in die Puszta vorgesehen.

Haupt- und Mitteldeck waren bereits überprüft, aber erneut wurde eine Kabinennummer mehrfach aufgerufen. Selbst als das Oberdeck abgefertigt war, ertönte noch einmal die Aufforderung nun zur Kontrolle zu kommen.

"Bestimmt wieder jemand, der sich hingelegt hat und eingeschlafen ist", stöhnte Danny. "Wer ist es denn?"

"Herr Kirsch", gab der Hotelmanager mit dem Ausweis in der Hand an. "Ruf doch mal an!", forderte er Mirko auf.

"Geht nicht ran", meldete der achselzuckend. Der Hotelmanager nahm die Generalkabinenkarte.

"Kommst Du mit?", bat er Danny. Sie klopften an die Kabinentür, riefen mehrfach den Namen. Dann schauten sie sich fragend an.

"Muss wohl sein", meinte Danny schulterzuckend. Der Hotelmanager öffnete vorsichtig die Tür. Drinnen war es dunkel.

"Herr Kirsch?", versuchte er es noch einmal, dann betätigte er den Lichtschalter. "Oh Gott!", rief er entsetzt aus. Danny musste sich am Schrank festhalten. Auf dem blutverschmierten Bett lag Herr Kirsch. Seine Beine hingen schlaff nach unten. In seinem Bauch steckte ein schmales, langes Messer. Um seinen Hals war ein Stück Tau geschnürt. Sein Mund mit Klebeband verschlossen. Auf seiner Brust lag ein Blatt Papier mit dem Aufdruck des Reiseveranstalters und drei hingekritzelten Worten:

'FAHR ZUR HÖLLE!'

Teil 3 KRIMIGEDICHTE

01 Gefährlich ist's

02 Bademeister Fritz

DER VERKÜRZTE RUHESTAND

Die Turmuhr schlägt zur Mitternacht,
Als eine Frau vom Schlaf erwacht,
Weil sie grad ein Geräusch vernahm,
Das von der Eingangstür her kam.
Lauschend voll Schreck sie registriert,
Dass jemand sich am Schloss probiert.
So leis' es geht schleicht sie geschwind
Zur Küche, wo die Pfannen sind,
Schnappt sich die Eiserne aus Guss,
Falls sie verteidigen sich muss
Dann wartet sie im dunklen Flur
Fröstelnd im dünnen Nachthemd nur,
Bis sich die Tür nach innen schiebt,
Den ungebet'nen Gast frei gibt.
Von dem erkennt im off'nen Spalt
Sie nur den Umriss der Gestalt.
Mit Wucht haut sie dem Eindringling
Schnell auf den Kopf das schwere Ding.
Dann tastet sie mit ihrer Hand
Zitternd zum Schalter an der Wand,
Um zu betrachten sich bei Licht
Den überwund'nen Bösewicht.
Entsetzt reißt sie die Augen auf
- hier nahm das Schicksal seinen Lauf -
Denn der da liegt in seinem Blut
Ist ihr nicht fremd, den kennt sie gut.
Wie kann es sein, dass er nun hier
Sein Leben aushaucht grad vor ihr?

Als Nachtwächter in der Fabrik
Kommt er sonst morgens erst zurück
Jammernd, mit einem Tränenschwall,
Beklagt sie ihren Herrn Gemahl.
Der, schon im Sterben, hat erkannt:
Vorbei ist's mit dem Ruhestand!
Was macht es noch für einen Sinn,
Dass ich ab jetzt in Rente bin?
Ich hab' s ihr gestern doch erklärt.
Ach, hätte sie doch zugehört!

BADEMEISTER FRITZ
Ein historisches Krimigedicht

Schon über siebzig Jahre her
Ist die Geschichte (oder Mär),
Denn ob sie stimmt, das weiß man nicht.
Vielleicht ist 's auch nur ein Gerücht.

Das Volksbad war einst Arbeitssitz
Von einem Bademeister Fritz.
Den konnte man am Abend sehn
Schnurstracks ins nächste Wirtshaus geh 'n
Denn nach der Arbeit zog es ihn
Zu Adelheid der Kellnerin,
Weil schöne Augen die gemacht,
Stets wenn sie ihm den Krug gebracht.
Er machte ihr sogleich den Hof,
Ging ab und zu mit ihr zum Schwof,
Lud sie, um ihr ganz nah zu sein,
Zum Wannenbad ins Volksbad ein.
Sie kam meist mittwochs kurz vor acht,
Sobald das Wirtshaus zugemacht.
Fritz drückte meist ein Auge zu,
Schloss nicht, bevor sie da war, zu,
Weil sie, nachdem das Bad sie nahm,
Ihm ihrerseits entgegenkam
In seiner Wohnung unterm Dach,
Beim Stelldichein im Schlafgemach.

Im Frühling konnte man sie sehn
Zusammen oft spazieren geh 'n
Am Neckarufer Hand in Hand,
Als wären sie bereits verwandt.

Doch plötzlich hatte Adelheid
Für Fritz am Abend kaum noch Zeit.
Denn auf der Maimess sprach spontan
Ein Yankee sie auf Englisch an.
Und auf der Stell erkannte sie:
Der ist die bessere Partie!
Denn Jimmy aus Dakota Süd
Besaß ein sonniges Gemüt.
Er führte sie des Abends aus.
Mit Fritz kam sie kaum aus dem Haus,
Saß höchstens vor dem Volksempfänger.
Mit Jim erlebte sie die Sänger
Auf Großleinwand im Capitol.
Bei ihm, da fühlte sie sich wohl.
Es kam so wie es kommen muss:
Mit Fritz war kurz darauf schon Schluss.

Doch als der nächste Winter naht,
Träumt Adelheid vom heißen Bad,
Denn abends steht auf ihrem Plan
Ein Date mit Jimmy, dem Galan.
Mit Pumps und im Pepitakleid
Macht sie fürs Volksbad sich bereit.
Fritz, der den Kummer grad verwand,
Kassiert das Geld, blickt auf die Hand,

Schaut zum Gesicht und ist verstört,
Weil's der Verflossenen gehört.
Schon bald durchzieht die Volksbadluft
Ihr Fichtennadel-Schaumbadduft.
Er denkt sich, innerlich bewegt:
Vielleicht hat sie sich's überlegt.
Dann von Erregung just gepackt.
Sieht er im Geist sie splitternackt,
Wie sie, noch leicht mit Schaum bedeckt,
Sich lockend ihm entgegenstreckt.
Fritz schließt geschwind sein Kassenhaus,
Drängt rasch die andren Gäste raus.
Er will noch schnell nach oben geh 'n
Um nach dem Rechten dort zu sehn.
Weil Unordnung sich nicht gut macht
Für die erhoffte Liebesnacht.
Die Tür lässt einen Spalt er auf.
Vielleicht kommt sie ja schon hinauf.

Indessen wähnt sich Adelheid
Als Jimmys Braut im Hochzeitskleid,
Ein Traum aus Seide, ein Gedicht.
Da - plötzlich schwächer wird das Licht,
Beginnt zu flackern, zuerst sacht,
Dann stürmisch… und dann ist es Nacht.
Nun hört sie Schritte auf dem Gang.
Sogleich wird ihr vor Angst ganz bang
Denn sie merkt schnell anhand des Schritts
Der sich da naht, das ist nicht Fritz.
Sie lauscht, hört wie das Schloss sich dreht

Merkt, dass die Tür nach innen geht
Ihr Schrei, er wird im Keim erstickt
Weil jemand ihr den Hals zudrückt.
Sie zappelt, sucht sich zu befrei 'n.
Doch stößt man sie ins Wasser rein.
Eisern im Griff hat sie der Schuft.
Sie japst und keucht und ringt nach Luft.
Es blubbert kurz… Dann ist's gescheh'n.
Der Mörder wendet sich zum geh 'n,
Tritt ohne Hast den Rückweg an,
Schraubt noch, dass man was sehen kann,
Im Bad die Sicherungen fest,
Eh er es unbemerkt verlässt.

Fritz kehrt von oben nun zurück,
Ist ganz beseelt von seinem Glück,
Staunt, dass ihr Schloss auf "Frei" gedreht,
Als er vor der Kabine steht.
Hier stimmt was nicht, sagt sein Gespür.
Er öffnet vorsichtig die Tür.
Entsetzt hält er den Atem an -
Ihn starren tote Augen an.
"Nein!" hallt sein Schrei durchs ganze Haus.
Entsetzt rennt er zur Tür hinaus,
Ruft über 's Amt sofort herbei,
Noch unter Schock, die Polizei.
Er habe niemanden gesehn
Am Kassenraum vorübergeh 'n,
Gibt Fritz bei der Befragung dann
Fürs Protokoll dem Schutzmann an.

Jedoch verschweigt er beim Verhör,
(Das wird ihm später zum Malheur)
Dass er in seiner Wohnung war.
Deshalb ist für den Schupo klar,
Fritz selber ist der Täter hier,
Führt ihn gleich ab auf das Revier.
Und schneller als sich Fritz gedacht,
Wird ihm dann der Prozess gemacht.
Im Zuchthaus endet sein Geschick.
Unschuldig baumelt er am Strick
Am Tag darauf in aller Früh.
Der Mörder jedoch bleibt perdu.

WIE MEINE KRIMIS ENTSTEHEN

Meine Krimis sind überwiegend eine Mischung aus einem Funken Realität und einer gehörigen Portion Fantasie. Oft ist es ein Erlebnis, etwas, das ich sehe oder höre, was sich zu einem Titel oder einem Satz entwickelt. In meinem Kopf bilden sich weitere Sätze, die ich auf Zettel oder einem Block notiere und sammle, bis daraus ein kompletter Text wird. Manchmal tippe ich Gedanken auch direkt in den Laptop.

Viele meiner Geschichten sind in den frühen Morgenstunden entstanden. Zwischen Mitternacht und Sonnenaufgang wache ich mitunter auf, nehme mein Schreibgerät und halte die sprudelnden Ideen fest. Unter der Dusche wiederhole ich Sätze so lange im Gedächtnis, bis ich sie notieren kann. Auch unterwegs ergeben sich gelegentlich Situationen, die sich später abgewandelt in einem Krimi wiederfinden.

"Morgenstund" zum Beispiel begann mit dem "Klick klack" meiner Absätze auf den Gehwegplatten beim eiligen Schritt zur Straßenbahnhaltestelle. Das Kopfhörerkabel, das ich an einem Gestänge in der Straßenbahn entdeckte, inspirierte mich zu dem Krimi **"Fundsache"**.

Aus den Rotweinspuren in einem am Vorabend auf der Spüle abgestellten Glas, entstand der Titel

"Restalkohol", woraus sich ebenfalls eine kriminelle Story entwickelte.

Manche Geschichten entsprießen ausschließlich der Fantasie und erhalten vielleicht durch spätere Ereignisse ihren Anteil an Realität. Einige Krimis entstehen wie der Teig eines Kuchens. Da ist zunächst die Idee (Titel). Ich gebe die Zutaten (Worte, Sätze, Abschnitte) in die Schüssel (Block/Laptop). Schließlich wird alles verrührt (Reihenfolge) und gebacken (ausgedruckt). Ab und zu ähnelt die Arbeitsweise auch der Herstellung eines Hefeteigs. Dann muss das Ganze mehrfach ruhen – Monate oder gar Jahre - und immer wieder durchgeknetet (überarbeitet) werden, bis der Teig (Text) die richtige Beschaffenheit hat. Wo es passt, versuche ich, eine Prise Humor oder etwas Satire einzubauen, auch indem ich MundArt verwende. Welchen Verlauf eine Geschichte nehmen wird, ist nicht immer von Beginn an klar. Deshalb kommt der Zeitpunkt des Verbrechens (auch für mich) zuweilen überraschend.

Bisher veröffentlicht:

Siehst du den Regenbogen

Gedichte

Kira Schmitz

Verlag: TWENTYSIX
Erscheinungsdatum: 21.11.2018

Selma

Ein aufregender Tag im Leben einer Schnecke

Kira Schmitz

Verlag: TWENTYSIX
Erscheinungsdatum: 30.11.2018

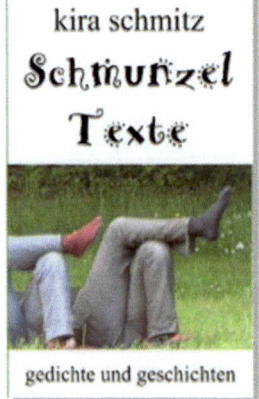

Schmunzeltexte

Gedichte und Geschichten

Kira Schmitz

Verlag: Books on Demand
Erscheinungsdatum: 09.10.2019